醉
美
文
摘

醉美文摘

一路开花 陈晓辉／主编

青葱岁月里的那段传奇

煤炭工业出版社
·北 京·

图书在版编目（CIP）数据

青葱岁月里的那段传奇／一路开花，陈晓辉主编.
－－北京：煤炭工业出版社，2018（2023.2 重印）
（醉美文摘）
ISBN 978－7－5020－7023－6

Ⅰ.①青…　Ⅱ.①……　②陈…　Ⅲ.①故事—作品集—
世界　Ⅳ.①I14

中国版本图书馆 CIP 数据核字（2018）第 254969 号

青葱岁月里的那段传奇（醉美文摘）

主　　编　一路开花　陈晓辉
责任编辑　马明仁
编　　辑　郭浩亮
封面设计　宋双成

出版发行　煤炭工业出版社（北京市朝阳区芍药居 35 号　100029）
电　　话　010－84657898（总编室）　010－84657880（读者服务部）
网　　址　www. cciph. com. cn
印　　刷　北京飞达印刷有限责任公司
经　　销　全国新华书店

开　　本　710mm×1000mm$^1/_{16}$　印张　14　字数　220 千字
版　　次　2019 年 1 月第 1 版　2023 年 2 月第 4 次印刷
社内编号　9903　　　　　　定价　46.00 元

目录
Contents

01
第一辑
Chapter One

02

第二辑

Chapter Two

03

第三辑

Chapter Three

04

第四辑
Chapter Four

05

第五辑

Chapter Five

第一辑

Chapter One

Zuimei Wenzhai

醉美文摘

花儿来得及

▶ 文 / 安宁

> 成功之花，人们往往惊羡它现时的明艳，然而当初，它的芽儿却浸透了奋斗的泪泉，洒满了牺牲的血雨。
>
> ——冰心

那一年我 16 岁，为了一株月季，茶饭不思。

那是初春一个微凉的午后，我排了长长的队伍，从老师的手中领养了它，并小心翼翼地将它植入教室门前的小花坛里。那时的我，因为卑微，无人关注，读书时常常心不在焉。上课的时候，老师在前面讲优美的诗词，我却走神，想起黄昏里属于我的月季。春风悄无声息地漫进来，轻拂着我的短发，又随手翻乱了桌上的书本。我用力地想啊想，却还是不知道，究竟那一株瘦弱的月季何时才能听见我的祈祷，从细细的枝杈里，发出绿色的小芽来。

没有人知道我的焦虑，事实上，我如那株枯萎的月季一样，被人忘记了。不管疼痛与喜悦，浓烈还是浅淡，都不会有人去注意沿墙低头走路的我。我已经习惯了这样的忽略，假若偶尔有人大声地在班里提及我的名字，我反而会像一只受了惊吓的小兽，有想要瞬间消失掉的恐慌。大部分的时光，我缩在教室最后一排靠窗的座位上，将老师们的声音当成背景，而后任由自己的思绪在天空蓝色的幕布上自由地飞翔。这是我在别人的张扬里，最为安全的存在方式，一如那株在繁花似锦的春天里，从来没有蜂蝶流连过的月季。

那一小片花坛，植满了 30 株月季，尽管我的那一株始终无声无息，没有任何舒枝展叶的痕迹。负责浇花的园丁说，这株月季定是枯了，否则为何外面吵嚷一片，它却固执地缩在泥土里，不言不语？但我还是百般地恳求那个好脾气的师傅，无论如何都不要忘了，在施肥浇水的时候多多眷顾这株孤独的月季。

这样的乞求，并没有奏效。园丁在一株株欣然吐叶的月季面前，仍然还是习惯性地将它忘记，或者，即便是视线飘过，也不作短暂的停留。这是一个花团锦簇的春天，空气里弥漫着湿漉漉的芳香，浓郁、热烈，常常就有女孩子的尖叫，锐利地划破傍晚的寂静。她们彼此开心地叫嚷着，自己的月季又长出了一片叶子，抽出了一条新枝，那新鲜的小芽，竟犹如婴儿的双唇，是可爱柔软的红色呢！我蹲在花坛边上，看着那株干裂寂寞的月季，听着别的女孩子兴奋又夸张的叫声，还有操场上隐约传来的篮球撞击水泥地面的响声，终于将头深深地埋进臂弯里去，哭了。

春天不过是一个转身，便走掉了。校园的红砖路上，青草在一次次的踩踏里，弯了又直，直了又弯，蔷薇越过墙壁开出袅娜的花朵，藤蔓缠绕着，爬上高高的梧桐。初夏的风，翻转着层层密实的枝叶，而我的月季，它在我日日的守候里，依然选择了沉默。

花坛里的月季，已经竞相地开放，最好的一株，长在靠近我那一棵的左侧，枝叶蓬生开来，将那一方小小的角落全都遮掩住了。园丁师傅许多次都以妨碍观瞻的理由，要拔掉我的月季，却每每都在我的苦苦哀求里住了手。他不明白，总是问我，"丫头，这不过是一株发到你的手中，便已经奄奄一息的花而已，何必如此较真儿地守护着它？"而我，只有倔强冷硬的一句话："它不只是一株月季。"

是的，它不只是一株月季，它是 16 岁的我所有的期待、梦想与童话。我固执地认定，假若它真的不会醒来，那么我的青春，也会如它一样，暮气沉沉，了无希望。

那个闪亮的童话，就在盛夏的一个清晨，苏醒过来。我守护了整整一个春天外加一个初夏的月季，终于从泥土中生出一个卑微但却执着向上的新芽。那株枯萎的枝杈，依然安静地挺立着，等待那柔弱的生命，一天天向上，向上，直至最后，远远超越了它的高度……

我的月季，在温暖的泥土里，蛰伏了整个的春天，它错过了争奇斗艳的季节，却还是来得及在阵阵蝉鸣的盛夏一点点地靠近馥郁的花香。

16 岁的那年夏天，我的每一本书里都飘散着月季的芬芳。我将第一朵花凋零时的花瓣，全都细心地收藏进书本。它们特有的红色，深深浅浅地嵌入温情的文字中，每一次阅读时，都能嗅得到它最初绽放时饱满恣意的芳香。

而这样的香气，从 16 岁时那个自卑的丫头，一直缭绕到而今自信从容的我，历久弥香，再也不能让我忘记。

老先生的课

▶ 文 / 安宁

学院里有一位老先生，教授舞台表演。听说他是当地话剧团的团长，退休之后，闲极无事，便成了学院的外聘教师。我不知道他有着一份正职的时候，是否也如此敬业，或者一丝不苟热爱他的下属，并将他们当成自己的孩子一样深爱。我只知道，当我开始工作的时候，他就已经在这个学院里教了多年，有一批喜欢他的孩子，对这份工作，是得而复失一样的珍爱。

第一次见他，是在学院里的一个讲座上，他恰好坐在我的旁边。我是新人，对于周围的热闹与熟络，觉得陌生，而且孤单。他是一级演员，自是有着很好的洞察能力，看出我与周围人的隔阂，便主动地与我说话。我们谈及各自的故乡、家人、爱好。他的两个女儿均在日本，做着与专业无

关的工作，其中一个，大约是医生，有着不菲的薪水。每年的暑假，他都会飞去日本，与女儿相见。他还说到山东话剧界的一些朋友，又热情地问及我的创作，说，如果有可能，我们合作一部话剧吧。他已经老了，头发灰白，但精神却是矍铄，掸去岁月的尘埃，可以看得到他年轻时英姿飒爽的身影。他的声音是台柱子的洪亮与大气，即使不需要话筒，在台上表演许久，也不会沙哑。

讲座结束的时候，他转身去给后面听讲的学生布置下堂课的作业。不知道他说了什么，学生们齐声高呼：好！他果然有很好的号召力，又大约是个人魅力的光芒很盛，他只要在学生面前一站，就会有一种将散沙一样的他们，汇聚在一起的力量。我站在旁边，安静地看了一会，心里有微微的羡慕与嫉妒，对于这样有着浓郁艺术家气质的老先生。我想起高晓松的《冬季校园》里所唱的白发先生和漂亮的女生，这样苍郁与青葱的组合，在校园里，犹如法桐之于玉兰，和谐到你觉得他们天生就应该是生长在一起的。

之后时常会在上完课后，于教室门口、走廊里、办公室内，或者校园的小道上遇到他。有时他会带着同自己一样白发苍苍的夫人，我猜测学生们会称呼她师母——也是笑意盈盈的老人，有不服老的天真与单纯。他们称呼我"王老师"，我常常因此羞涩，觉得这一称呼给我，是黯淡了光泽。

他们一来，办公室里便格外地热闹，似乎，他们两人是一个火炉，可以融化掉冰冷的空气和同事之间刻意保存的距离。我喜欢听老先生说起课上某个爱叽叽喳喳的男孩，或者总是迟到的女孩。他提及他们的时候，言语里满是爱怜，没有丝毫的责备。曾经有老师，抱怨一个冷门专业的学生们集体闹情绪，大约是觉得找不到未来的方向，不知道学了之后，在所需极少的社会上，能有什么用武之地。他听后便宽容地笑笑，安慰那上课的老师，说，孩子们有情绪，很正常，等过了这一年，他们慢慢热爱上这门艺术，自会留恋和懂得它对于人生的好，到时怕是你让他们转系，都不再肯了呢。

这话据说每个刚刚接手这个专业的新老师都会听到，他很少有别的语重心长的言语，只是这样站在走廊上，与年轻老师闲聊似的，安慰一阵，然后继续去和学生们说笑。那些学生，全将他像父亲一样地爱着，但热爱中又没有距离，会和他开开玩笑。有时候男同学遇到他，那牵着小女友的手也并不会松开，因为知道他会慈爱地看一眼，而后带着一点羡慕说：每天看到你们两个在一起，真开心。

想起见过的一个老师，远远地瞥见一对牵手走路的男孩女孩，不屑道：那两个学生，学习不怎么用功，谈恋爱倒是起劲儿得很。这个老师大约从未觉得，他们从美好的爱情中所学到的，其实比之于用来谋生的专业对于一生的影响，更为深远而且长久。而另外一个老师，在看到一个上体育课偷偷从队伍里溜走的女孩，即刻忿忿地追过去一句国骂，那一刻，他也忘了，曾经他自己也是一个爱从队伍里逃走，去寻找新天地的孩子。这样的出逃，不是耍小心计，也不是偷懒，而是一时兴起，想要旁观一下某个暗恋的男孩，或者那个总是好脾气的体育老师。

我常常想去听一下老先生的课，就像一个刚刚读了大学的学生，隐在角落里，看他在台上让我心生仰慕的飒爽的英姿。我想那一定很美。

连寂不会走丢的秋天

▶ 文 / 安宁

> 人的生活离不开友谊，但要得到真正的友谊才是不容易。友谊需要忠诚去播种，用热情去灌溉，用原则去培养，用谅解去护理。
>
> —— 马克思

一

16岁的女孩连寂走了很远的路，一回头，才看见那个跟踪她的男生。她在秋天傍晚的凉意里，有些恐慌。可是，她看见他快步走过来，带着一种风吹起梧桐树叶时扑啦啦的勇猛，就知道是躲不掉了。

这是连寂转学来到这个城市的第二天。她被母亲牵着手，到学校报到的时候，办公室门口，拥满了人，嘻嘻哈哈地，近乎肆无忌惮地看着她。连寂从海边小城里来，她可以在海边光着脚丫，疯跑上一天，并随着渔民出海的船只，到很远的孤岛上去采集陆地上没有的野果，偶尔也会碰到出没的小兽，与她在灌木间狭路相逢。可是她都没有怕过，她爱极了那些自然生长的树木、飞虫、野兽、鱼虾、贝壳，她觉得在其中可以放任自己，像鸟儿一样飞翔，亲吻这些天然的生命。但当她来到这个总是被人的视线缠绕的陌生校园时，她的心，忽然就如失去了翅膀，在半空里，有了无边悬浮的慌乱与不安。

那时已是深秋，校园里的桐树，叶子已经落到一半，脚踩上去，有寂寞孤单的响声。连寂小心地踏在上面，跟着一脸严肃的班主任，走向新的班级。那一群跟随着她的眼睛，风一样不知去向，但连寂还是隐约地听到，有一双脚悄无声息地在不远处跟着，有时候以为没有了，但不过是片刻，又扑打扑打地响起。

连寂站在讲台上，微低着头，用只有自己听得见的声音做自我介绍。这时候，她在教室外的走廊上，又听到那熟悉的脚步声。她想要侧头去看，却听见下面有女生嫉妒的声音传过来：看，多么骄傲，连瞧都不瞧我们一眼，长得又不是多美，有什么了不起呢。

连寂在这些嘲讽的声音里，忽然想要飞奔到已经远离了她的孤岛上去。

连寂在校园里的第一天，没有和一个人说话。她的同桌，是个叽叽喳喳的小个子女生，戴着眼镜，上课的时候嘴里都不肯停歇，但与连寂却始终保持了一份疏远与淡漠，似乎连寂的到来，多多少少让她有些不悦。

但连寂并不想与任何人说话。她整个的身心，依然漂浮在这个生疏的城市里，始终找不到可以停留的海岸。

连寂以为自己始终如一粒沙子，无法融入这个坚固的集体，亦不会宽容地打开壳，将什么人接纳进来。可是，她还是被一双来自隔壁班的眼

睛，给不经意地吸引了过去。

那是一双会说话的眼睛，属于一个面容忧郁的男生。而那个男生，此刻，正一步步朝连寂走过来。

二

在那个深秋的黄昏，连寂认识了跟踪了她两天的离航，并在离航的第一句话后，就知道，他们可以成为心灵息息相通的朋友。

离航说，连寂，我很喜欢你眼睛里大海般的蓝，还有你的头发间，飘散出来的海水的味道。

离航几乎每年暑假都要去海边的外婆家写生。他热爱绘画，并对艺术有独特敏锐的感知力，所以他在老师办公室门口看到连寂的第一眼，便能够确认她来自海边的城市，而且是那种生命力旺盛热烈的海藻，所以他才能嗅着连寂咸腥的味道，跟踪着她，并执拗地要与她说话相识。

连寂跟着离航，度过了最初的被人刻意隔阂的时光。离航带着她，在周末的时候，一条街一条街地逛着这个古老又新鲜向上的城市，并用他艺术性的解说将这个城市的美，一点点地注入连寂的心里。连寂问离航，为什么你这么热爱这个城市？离航说，因为我迟早会离开它，就像你已离开深爱的海边小城。连寂常在这样的话里，涌起无限的感伤，她想起离婚后不肯再相见的父母，想起离航刚刚去世的外婆，想起她依恋的孤岛，她突然很想问问离航，那么，是不是我们，也迟早都会分开？但终究还是没有问，怕问了，一切的美好会真的立刻消失掉。

没有人知道连寂与离航在周末的行踪。离航在校园里，是女孩子追捧的男生，常常会有外班的女孩，将情书直接送到他的面前，或者拦住他索要他的画。连寂因此在校园里遇到离航，便假装不与他相识。她并不会因此而觉得孤单，反而为这份隐秘的情谊，能够在无人注意的角落安静地绽放而觉得欣悦。

连寂喜欢在课间操的时候，用无声的视线与站在不远处的离航，默默交流。她站在操场上，看着淡蓝的天空，便会想起与离航在一座山上，画下的一朵被风吹落到山脊的无助的云彩。她还喜欢从走廊里，装作漫不经心地经过，而后一侧头，与离航相视一笑。有时候两个班一起上体育课，离航的球，总会不经意地，滚落到连寂的脚边，连寂再回踢过去，离航大声地道一声"谢谢"。

离航尊重连寂这份故意的疏离，他是个随性自然的人，能够懂得连寂的这份情谊。但，还是有人，将那流言纷纷扬扬地遍洒开来。

三

离航要介绍连寂加入学校的绘画社，有人便不同意，说，她那点可怜的绘画基础，怎么有资格加入？况且，你离航再是社长，也得听从成员们的意见吧。离航没有与人争辩，照例将连寂的名字加入进来，并在很快到来的一次近郊写生聚会中，将她介绍给每一个人。

社里仰慕离航的女孩子，无一例外地将连寂当成潜在的敌人，不仅排斥她，而且当众给她难堪。一次大家一起写生，离航不过是指导连寂多了片刻，便有旁边的女孩子在离航转身走后，嘲笑道：那么简单的色彩都涂不好，干脆先去参加个小学初级班算了。连寂的眼泪当即要落下来，可她还是强忍住，没有哭。她不想让离航担心，就像离航从不给她增加任何的担负一样。但还是被离航扭头看到了，他一向是个成熟自制的人，但那次

却发了火，一直到那个女生向连寂道了歉。

几乎是全校，都知道骄傲的离航只肯对连寂一个女孩子微笑，而那些暗恋离航的女生们，开始从隔壁班的门口转到连寂的窗口，一脸挑衅地看着她，说嘲讽的话给她，还会写匿名的信，说，你除了来自离航喜欢的海边，有海水的味道，还能拥有什么吸引住那么优秀的离航，才华、成绩、还是容颜？

连寂在这样一次次的伤害中想要逃离，却是离航将她拦住，说，连寂，我知道你不是那种被流言可以轻易打败的女孩，就像海藻永不会跟随鱼虾们随波逐流，一个人丰富纯净的灵魂，是永远都不会被人伤及的。

连寂懂得这些，她自失去一个幸福的家庭，又离开以为会终生守护的大海，且在寻求一份友情呵护的时候，被人这样苛责，其实并没有怎样抱怨，反而因为成长中这横生的枝杈，而对幸福的体悟愈加地深刻，并因此生出感激。

可是，连寂更想让离航知道，她如此珍惜他给予她的这份情谊，以至她想要放弃，只是不想让离航觉得负累。

但在她还没有说出口的时候，意外的一场风波却让这句话，再没有说出的必要。

四

是绘画社的一个女孩，不知是出于嫉妒还是一时冲动，竟将一封写给离航的情书，匿名贴到了学校的宣传栏上。而这封信，又恰好被当日路过的校长看到，一怒之下，校长下发了全校处分离航的通知，并责令离航写检讨书，在全校大会上当场宣读。

通知贴出来的时候，连寂就知道离航不会去写检讨，更不会在大庭广众之下宣读。但她还是在放学的路上，等在拐角处拦住离航，问他，能不能委屈自己接受这样不公平的处分？离航看着连寂，说，连寂，明明知道不可能的事情，为什么还要再问？我是宁肯转学就读，也不会当众道歉的，因为我没有什么歉应该去道。

连寂的眼泪，哗一下流出来：可是离航，我不想与最好的一个朋友分开，也请你不要让我再一次面对这样的恐慌。

那是一个接近冬日的黄昏，马路上的行人紧裹着外套，匆匆地赶路。桐树的叶子已经落光，在路上随了风嗖嗖地跑着，去寻找一片可以安放自己的泥土。而离航，拉起连寂的手，在宽阔的马路上飞奔。

"连寂，我们依然在一起，你听，风都追不上我们。"

连寂勇敢地，在离航的高喊声里，微闭上双眼，跟随着他，就这样一直跑，一直跑，永远都不必再担心，会丢失了来时与要去的路。而她与离航的友情，也不会被时间，遗忘在某一个冬日，无法寻到来年春天继续成长的根。

离航很快就在父母的帮助下，转学去了邻城的一所艺术高中。他在那里，依然是很出色的男生。他在 MSN 上给连寂留言，说，连寂，你瞧，我们的友情在这里可以畅通无阻，再有一个秋天，我们就能够在大学里相遇，所以，一份情谊，即便是离开了也不会枯萎。它在我们的心里，会有明亮的天空和宽广无边的海岸。

这是连寂与离航相识的第二个深秋。它即将过去，但并不会成为回忆，而是载着温暖连寂的那份情谊，走一段不长不短的路，到下一个可以与离航相遇的秋天的路口。

连寂终于明白，分开的，不一定会失去。就像她其实并没有失去父亲，也没有失去海岛，更没有失去生命中这样温暖过她的朋友。

我在讲台上看你

▶ 文 / 吉安

> 教师是人类的灵魂工程师。
>
> ——斯大林

我在台上，常常看到台下学生气象万千的容颜。

有像草原上狍子一样好奇心重的女孩，瞪了大大的眼睛，看我在讲台上的一举一动。她大约像我猜测她一样，猜测我回到家是否也这样激情，或者有一个什么样的爱人，究竟在家里谁下厨房，我又喜欢吃什么样的饭菜。她的这些游离于课堂的想象，让这一堂课上得饱满而且生动。我的关于文学的讲述，在她热衷于八卦的心里，不过是几朵长得漂亮的云朵，点缀在更为广阔的天空上，来与去，都无足轻重。我们在同一个教室里，彼此窥视，并互相探测内心的深度。

而她的旁边，有时会坐着一个男孩，留着很艺术性的长发，额头上的那一绺一定是落下来，颓废地遮住了半张脸。但他很不适宜地有一副明亮阳光的面容。所以他假装的艺术气质，便一下子打了折扣。而且，在某种程度上，还暴露了他内心的自卑，或者对于艺术并不怎么能够把握的胆怯。偶尔他会回答我的问题，总是磕磕绊绊，寻不到重点。我只好代他圆场，不再拿更多的问题让他难堪。他常常会脸红，一低头，装作思索一下我的点评，然后迅速调整好表情，继续抬头若无其事地吸引女孩瞩目的视线。他长了媚惑诱人的容颜，这一点，他对自己一直有深信不疑的小得意。

偶尔有外来的学生，慕名，或者只是对课程本身怀了兴趣，所以便找了不被人注意到的角落坐下。但我能够感觉到他们炯炯有神的双眸，还有一颗热烈持久的心。他们的笔，总是随了我的讲述，而在纸上跳着雀跃的舞蹈，那种美妙的声音，像蚕在啃噬着桑叶，或者恋人间绵绵不休的亲吻，可以激起每一个台上老师的热情。我喜欢注视着他们的眼睛，不管他们给予我的是胸有成竹的冷静与克制，还是一脸的仰慕与欣喜。我会觉得花费如此多的时间来备的这堂课，即便是为了这外来的听课者，也是值得的。

每节课都会有心不在焉的学生，看他人坐在那里，却是已经心骛八极，神游四海。我看他的眼睛，盯着屏幕，时而黯然神伤，时而灵动飞跃，便知道他大约是陷在了一段爱情里。但也有可能，是昨晚打电脑游戏太过投入，早起赶来上课，依然在游戏厮杀的状态中，且不肯跳出身来。我对这样迷糊的学生，常常抱有宽容，因为想到大学时的自己，也是这样迷恋于课上走神的时光。不是老师的课不能吸引到自己，而是更痴迷于外人不能懂得的那片小天地。而且假若老师的声音比较悦耳，那便是给这样的游离，做了上好的背景音乐。犹如香菜之于米粥，或者小葱之于青菜。

这方讲台上的天地，尽管只有我一个人在 45 分钟的时间里唱一台独

15

角戏，但是却有形形色色的观众陪我一起度过。我们互相审视，彼此猜测。说不上息息相通，却能够在这不大的空间里，看到一小段对方起伏跌宕的人生。

他们在课间的休息时间里，所问的问题大多与课堂上无关。或者，只是一个引子，七折八拐，又到了另外一条他们经常散步的小径上去。女孩们会叽叽喳喳地问我，读书时有没有喜欢的男孩，或者我出生的小镇上春天会不会开满桃花，再或我穿的那条裙子是在哪里买到的。男孩们则言语谨慎而且成熟，他们更关注我所成长的外省的天地，是否与他们的城市相似，或者我使用的电脑软件是哪一款的，有没有过时，或者存有缺陷。我们的交流，常常比课上活跃而且随意，我依然在讲台上，他们也还是站在台下，可是彼此间的距离却因为一声下课而瞬间变得亲近。尽管这样的亲近，也带着几分小心翼翼的试探。

所以我觉得最美妙的时光，当是在课下休息的十分钟里。相比于课上的神采飞扬，我在这短短的时光里，慵懒而且随性，并可以因为这样的放松，而看到台下更真实的人生片段。他们会喧哗，丝毫不介意我的存在。也会给心爱的女孩打电话，声音温柔而且笑容甜蜜，看得到他们心底浓密的爱意一股股流溢出来。女孩子们会拿出小小的镜子，抹一下唇膏，补一点妆容。如果教室里女孩子多一些，她们就有些"放肆"，甚至会偷偷地调节一下内衣的肩带，或者趁我的视线飘向别处，亲吻一下旁边的男友。

我喜欢走下讲台，站在窗边，假装发短信，或者看风景，而后倾听他们在教室里的私语，抑或窥视他们在玻璃上晃动的身影。窗外是安静的校园，而窗内则是一片让人微醺的生机。

这是台上台下交织而成的世界。我在一角，看着那些青葱动人的容颜，便觉得人生美好，而且不忍辜负。不管，他们对我，是喜还是不喜。

无花果也有似锦的春天

▶ 文 / 吉安

> 世上没有绝望的处境，只有对处境绝望的人。
>
> ——佚名

　　她当初之所以放弃重点高中，选择这所普通学校，原因简单到无人会相信，因为在这所以艺术为主的中学里，老师们不会对奇装异服做出限制，而天天戴一顶帽子上学，更是不会引起任何人的评议。

　　她有许多顶帽子，绣一朵娇羞小花的、带闪亮星星的、有质感亚麻纹理的、飘有柔软丝带的，每一顶，都是一种风情。这在以学习为主业的市重点里，无论如何，都会引起众人的非议，要么说她矫情，要么指她怪异，要么被老师上课飞白眼，要么遭女生嫉妒。而在这所崇尚张扬推崇另类的艺术高中里，她这样的装扮，引来的至多也就是欣赏的一瞥。那些学习音乐绘画和表演的女孩子，任何一个的衣饰拿出来，都比她要炫目且独特。而隐在姹紫嫣红的春天里，做一株默默无闻的无花果，正是她一直都

想要的。

在这所没有旧日同学的邻市高中里，无人知晓她的秘密。她可以戴着那些五彩缤纷的帽子，高昂着头，走过一个个比她美丽妖娆许多倍女孩的面前；而如果她们拿鄙视的视线挑眼看她，她亦不会像往昔那样，内心存有惶恐，继而将视线迅速地移开去。甚至，很多时候，她学会将同样带着点挑衅的目光，穿过湿漉漉的空气，和空气中浅淡的花香，送达对方的身边。这样的挑战，于她，像是一场从没有过的战争，她能闻得到那浓重的火药味，听得到半空里噼里啪啦燃烧的声音。可是，她竟是很奇怪地享受着这一切。而这让她自己都惊讶的改变，不过是因为那个让她难堪了许多年的秘密，被一顶顶精彩纷呈的帽子，遮掩住了。

假若没有那次集体歌唱比赛，她或许会在这所学校里，永远这样快乐地过下去。偏偏，生活在很多时候并不会按照预想的轨道，平稳地滑下去，一不留神它就偏离了方向，滑向她极力想要避开的沼泽。

是到比赛快要开始的一场排练中，她身后的一个女孩笑嘻嘻道：嘿，千万别忘了比赛时摘下你的帽子哦，否则到时咱班得了冠军，人家摄影师过来拍照，你这宽大的帽檐，会将偶的花容遮去半个的哦。周围的人皆笑女孩子的臭美，而她，却在那一刻脸色变得惨白如纸。班里做指挥的男生善意地走过来，问她是不是太累了，她慌忙地摇头，又用力地点头，而后歉意地说声"对不起"，便低头走出了队伍。

那个叫棋的男生，第二天再次排练的时候写纸条给她，说，如果你身体依然不适，可以退出比赛，如果你坚持要参加，那么，能否帮我劝说一下那些女孩子，与你一样带上漂亮的帽子上台呢？呵呵，因为，我突然发觉这是一个吸引评委打高分的极佳策略呢。她没有想到，这个她素来没有注意过的男生，会有这样的建议，难道，他已经洞悉了她的秘密？可是她与他，连话都没有说过几句，他怎么会知晓的呢？既然他都知道了，那是不是就意味着，周围的所有人都窥到了她的伤痕？

时间短得容不得她做过多的考虑，除了接受将帽子作为装饰上台比赛的建议，似乎没有更好的办法来减少秘密泄露带给她的无处可逃的恐慌与疼痛。

但这个建议一说出来，便遭到许多女生的反对，尤其是那些对棋渐渐生出好感的女孩子更是醋意大发，说，凭什么就因为她一个人戴帽子，就让我们所有人都扮演那个"效颦"的东施？与其让我们迁就她，不如用更省事的方法，让她摘掉帽子，假若她不肯摘，那只能说明她或者棋心里有鬼。亦有人说，既然是她建议的，那就让她给每一个女生买一顶漂亮的帽子来好了。

她在种种的流言里，做回昔日那个缩在壳中的自己，就像那无花果，将小小的花隐秘地藏在叶腋间；又用密不透风的花托，层层地包裹起来，不让任何人看到。可即便是这样，她还是感觉到了初春里料峭的寒风。

最终，是班主任出面，说，这的确是一个很好的主意，所以，如果大家想要争冠军，就按棋说的，戴上自己最漂亮的有蕾丝花边的帽子来参加比赛，实在没有的，可以借一借嘛。班里的流言，因了班主任的决定，小了下去。她小心翼翼地在比赛的前一天，拿来许多顶蕾丝花边的帽子，交给棋，棋笑看她一眼，说，别只记得做贡献，你自己也要戴上最美的帽子来哦。她没有接棋的话，但一颗心还是因了这一句，瞬间有了温度。

那场比赛，她们独特的装束，果真给评委留下了深刻的印象，最终，他们以一分险胜于邻班。上台领奖的时候，很多女孩子纷纷兴奋地将帽子扔起来，她抬头，看着那些斑斓的帽子在半空里飞上飘下，犹如一只只灵动的蝴蝶，那一刻，她不知道究竟是什么鼓动了自己，勇敢地，做出了一

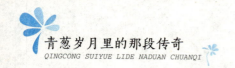
个艰难脱帽的手势。而棋，就在这个时候，冲过来，一把将她的手按住。

她最终，放下了手。但她却是知道，这一次放下，并不是逃避，而是像洞悉了她所有秘密的棋说的那样，放下了心灵的负荷。她可以选择一顶又一顶的帽子，遮掩住头顶巴掌大烫伤的印痕，亦可以像无花果，用结实的花托，为自己的青春做一间小小的房子，而她的心在其中，呼吸畅然，翼翅轻盈。

是的，为什么不呢？谁又能说，无花果小到无痕的花朵，不能够同样扮靓这个湿润芬芳的春天？

学院派爱情样本

▶ 文 / 吉安

> 爱情中的欢乐和痛苦是交替出现的。
>
> ——乔·拜伦

在校园里常常会看到他们，是隔壁班的一对情侣。下课时最先听到的，不是年轻女老师踩着高跟鞋，咔哒咔哒离去的声音，而是他们两个在楼道里放肆的喊叫与嬉笑。我不喜欢他们，觉得女孩的举止里有些轻薄，而男孩的亲吻里也带着戏谑。这一场爱情，在外人看来，是典型的青春期荷尔蒙的挥霍游戏，谁都不会当真，谁也不会承担，毕业后能够双飞双栖，那简直是中彩票才有的稀有概率。

给他们上过一段时间的课，两个人像连体婴儿一样坐在一起，不怎么像在听课，倒是更似来此甜蜜约会。手机调成了静音，却可以感觉到无声发来发去的短信里，满是鲜花般怒放的热烈情语，它们比我在课堂上所朗诵的任何诗人的情诗，都要动听迷人。每个班里，总有这样在课上耽于情

爱的学生，知道提醒也没有多大的作用，顶多让他们正襟危坐，却心猿意马，所以便放任这一小部分人去做他们想做的事，会不会得到惩罚，期末的成绩单上，自有定论。

但有一次课上，却是因为他们生了气。女孩不知听男孩说了什么话，扭了男孩的胳膊一下，随后将缠绵在一起的书本哗一下全揽到自己的胸前，一副与男孩划清界限、势不两立的无情模样。男孩当然着了急，或者，是做出一副着急的模样，对她低声地又哄又劝。我在讲台上，虽然隔着重重的座位，但还是听到了他们若有若无的谈话。大约是男孩抱怨女孩近日花钱太多，而女孩则以一句"想不花钱就别跟我谈恋爱"，任性地堵住了男孩所有的辩解。

两人你一言我一语，竟是吵到女孩当堂便站起身，看也不看我一眼，便大踏步走了出去。而男孩呢，无助地看向我，似乎在寻求我的开恩，允许他追赶出去。教室里当即起了哄，有男生大胆地吹口哨，更有人看热闹似的地高唱一句：妹妹你大胆地往前走啊，往前走！眼看着这一场私人的争吵事件，即将升级为集体的喧哗，没有多少经验的我，气咻咻朝男孩喊出一句：你也一起出去，不要在这里继续扰乱课堂秩序！

男孩看我一眼，视线中有被批后的冷淡与失落，也有爱情遭来围观嬉笑后的窘迫与难堪。但他什么也没有说，而是默默地收拾了东西，包括女孩临走落下的文具和小点心，然后便悄无声息地走出了教室。

接下去的课，当然上得寡淡且无味，好像是一盘菜，少了点味精或者葱花调料。其实我本应幽默地化解掉这一切，譬如宽容地让男孩赶紧去追，并豁达地告诫他，失去了老师的课没有关系，失去了爱情可是要后悔一生。再或我安慰他，并将一首仓央嘉措的情诗送他，让他转告女孩：你爱，或者不爱我／爱就在那里／不增不减。但我却腰斩了所有通向浪漫的鲜花小径，并给他们这一段本就不怎么会有完美结局的校园恋情，抹上了一层阴郁的暗灰。

学期末考试，我出了一道用文字描述这半个学期心境的题目。改到他们两个人的试卷时，特别留意，看到男孩提及最尴尬的事，是因为某个人，在另外的一些人面前丢了颜面；而女孩的文字描述中，却是这样的一句：最得意之事，莫过于用外人的眼光，证明了某个人的胆量。

却原来，男孩的尴尬，在女孩这里，成了可以炫耀的资本。她以为他追赶上她，是因为不肯舍弃，却不知道，他承受了全班同学的嘲笑与起哄，又被我这样一本正经的老师训斥，才成全了她想要的爱情中最得意的一笔。

我之后未曾再教过他们，也不清楚他们爱情的踪迹究竟走向了何方。只是在学院网站上传的毕业纪念照上，看到他们两个人，遥遥地站着，互不理睬。女孩的视线，向着那无限的远方看去，微笑中满是张扬与希望，似乎，她有了无比美好的归宿与前程。而男孩的眼睛里，则藏着很深的忧伤与落寞，好像，毕业的帷幕徐徐落下，他的幸福，也到此说了再见。

许久以后，他们的爱情，在新一届学生的口中，成了值得讲述的经典个案。在这样或许添了花边的讲述中，女孩毕业后便毫不犹豫地与男孩说了再见，并迅速地嫁给了一个"钱程"似锦的成熟男人，毕业的散伙饭，成了她用来炫耀自己的结婚典礼。而男孩，则为了女孩不休不止的梦想与虚荣，奔赴了北京，只是，那个城市里，再也没有了她。

这是一个不知有没有经过改编的口口相传的爱情范例。关于背叛与忠贞，谎言与诺言。但学院派的爱情样本，传来传去，终没有逃出既定的模板，不过是曲终人散，各自上路。

仰慕你羞涩的时光

▶ 文 / 杨帅

> 名声是无味的向日葵，戴着一顶华丽而俗不可耐的金冠；友谊则是鲜润的玫瑰花，褶褶瓣瓣散发着沁人的芳香。
>
> —— 霍姆斯

一

黎小溪一走进教室，便听到一阵阵哄笑声。尽管那笑声，是刻意压抑住了的，但她还是从那些男生们的眼睛里，读出她昨晚主持的学校电视台脱口秀节目的糟糕效果。

黎小溪知道这不是发作的时候，尤其是在同台演出的林七七，被人大肆吹捧歌声可以媲美张靓颖的关口。黎小溪真希望昨晚的电视信号全校短路，屏幕上一片雪花，这样她在上台时也不会被那摇曳长裙绊倒，摔在地上；而随后本应该行云流水的台词，也不会因此成为生硬的煮得半熟的青豆。不仅碰疼了眼睛，硌坏了牙齿，还伤及了众人的脾胃，自此让他们一见到她的节目，便习惯性消化不良。

所以她看到林七七带着一贯的极具杀伤力的微笑，与她擦肩而过，坐在池亦飞的前面时，她依然带着不可一世的骄傲，扬头穿过众人蒺藜一样处处将她扎着刺着的视线，坐在了池亦飞的后面。

这已经不是第一次，黎小溪与林七七同台飙戏。她与林七七，都是从本校初中部，直升高中部的学生。相对于外校考入的池亦飞，她们早在这个学校里混得如鱼得水，大小的活动，有了黎小溪，也必缺不了林七七。尽管相对于黎小溪的锋芒毕露，林七七的温柔内敛看上去不那么张扬，但聪明的人还是看得出，两个人是在努力较着劲的。而且，林七七采取的亲民路线，丝毫不亚于黎小溪横冲直撞过来的光芒的杀伤力。

而今升入高中，学业加重，已没有那么多的机会让两个人可以在公众面前，尽情展示鲜亮的羽翼，可是池亦飞的加入，却让两个人的关系出现了微妙的变化。

二

池亦飞最早让两个人注意到，是在全校的校庆晚会上。彼时他们都刚刚升入高一，并不熟识。黎小溪与林七七正在后台准备自己的节目，突然听见前台掌声雷动，然后便是极富音乐动感的架子鼓响起。掀开后台帘布的一角，便看到一个面容冷酷的男生，正在一边投入地敲着，一边歇斯底里般地狂吼着一首从来没有听过的歌曲。鼓点密集如雨，歌声阔大强劲，每一个节点，都如一把锤子，重重地击打在听众的心里。

黎小溪记得自己扒着帘布自言自语了一句：How cool！而一旁的林

七七，则看似不经意地轻声说：他是我妈妈班里的学生，叫池亦飞，早听说是个音乐天才，组建过自己的乐队，今天终于有幸目睹了。

黎小溪没有回头，但她却感觉到来自林七七的柔韧却尖锐的锋芒，似乎，池亦飞是林七七一个许久以前就认识的朋友，而她，不过是路过，恰好沾染了一点他的光泽。

此后的一年内，黎小溪总会借故与池亦飞接触。池亦飞显然是个大度的男生，与任何人都可以和睦相处，这一点，倒像是林七七。可是黎小溪却是最恨他这一点，她从读小学以来，便一路是班级甚至学校的风云人物，有明媚的歌声，与众不同的衣着，成绩亦是耀眼夺目；而老师与同学，则加倍地宠爱于她。似乎，一个女孩子读书时想要的一切荣耀，她都没有缺少。人人也都认为，黎小溪如她从未止息过的歌声，是快乐单纯的，如果有什么缺点，至多，是她因为被宠，而稍稍地有些恣意娇纵而已。可是，谁会介意这些呢，骄傲难道不是所有漂亮优秀女孩子的特权么？

所以黎小溪在池亦飞对谁都一脸平静温和的笑容里，总会微微地嫉妒。就像，她一直都在嫉妒着林七七幸福完美的家庭一样。

这样的嫉妒，是黎小溪一个人的秘密。除了她建在隐秘处的一个博客，以及那些与她素不相识的博友，没有人再知道。

三

黎小溪似乎从有记忆以来，便对家的概念很是模糊。每次学校里开家长会，她总是最不让老师们满意的一个。她自己在博客里总结说，她的父母总是会在家长会的关键时刻，及时地感冒，出差，加班，甚至是大病住院。这些当然是她一个人编织的谎言，她成绩从来没有落下过前三名，老师们也拿她的父母没有办法。只好每次都习惯性地嘱咐她一句：记得回家将成绩单汇报给爸爸妈妈。黎小溪每次都点头说好，但一转身，便将成绩单揉碎了扔进垃圾桶。

所以黎小溪羡慕林七七做副校长的爸爸，还有做班主任的妈妈。她常在放学磨蹭到最后，去坐公交车的时候，看到林七七牵着爸爸妈妈的手，在校园里散步。她看到林七七脸上如蜜般流溢的光彩，几乎是恨她，想，为什么那个可以与父母谈天说地并像玉石一样被宠爱着的女孩，不是自己，偏偏是她向来与之为敌的林七七？

在升入高中以前，黎小溪还可以经常地在家里看到爸爸的身影，尽管每次他都与妈妈争吵不休。但至少看上去，这个家是完整无缺的。等到读了高一，爸爸便名正言顺地搬出去住，只有要交学费的时候，才能在一家小酒吧里找到他。这样没过多久，他遇到了一个喜欢的女人，很坚决地便与妈妈离了婚。而黎小溪，也因此搬入学校宿舍，再不肯回家去住。

自理能力很差的黎小溪，本来以为自己会厌倦住校的生活，可是当她得知池亦飞就在同一栋楼里的男生宿舍里住时，她原本抑郁的心，突然间就被一缕阳光给照亮了。

四

黎小溪第一次丢掉高傲，去找池亦飞，表面上是为了商讨校电视台脱口秀的事情，事实上，想要坐在池亦飞的对面说话的欲望，在她的心里已经跃动了很久。只是这样一个契机，才让她鼓足了勇气，与池亦飞有了真正深入的接触。

所以黎小溪对于那次脱口秀的重视程度，胜过任何一个编导人员。她甚至越俎代庖，包揽了本不是自己的服装设计的职务。这样越权的行为，

27

一度遭来很多人的白眼，但黎小溪不在乎，只要能够让池亦飞真正地看到自己的才华，而不是与林七七惺惺相惜将她忽略掉，那么，她愿以冷落身边所有人的代价，换来这样的结果。

黎小溪在脱口秀的前几天，便紧张地晚上失眠。她偷偷爬起来，走到天台上去。初夏的夜空，高远，纯净，几颗星星眨着困倦的眼睛，像要在静寂中睡过去了。她在这样没有任何人注意的晚上，想要高声地唱歌，不为任何人，包括池亦飞。清凉的月光，悄无声息地潜入她的心房，她第一次，想要去掉一切的虚荣，为自己歌唱。

那晚，她真的在高楼上唱了许久。她不记得都唱了些什么，但却记得朦胧的月色下，高高低低的楼房，飘渺的雾气，露水滴落下来打湿草茎的声响，还有不知是谁的脚步，轻声地走近，又消失在夜色之中。

但她还是在直播开始走上台阶的时候，因为瞥见台下一角正在用力鼓掌的池亦飞，而紧张地跌倒在地，并像推倒的多米诺骨牌一样，语言也连带地钝了。昔日备受推崇的风趣与幽默，都卡了壳，让她自己，都觉得生硬枯燥，索然无味。

而与黎小溪形成鲜明对照的，则是那晚林七七的夺目耀眼。她飘逸的长裙，配上清澈如山泉般的歌声，还有纯净的微笑，几乎是迷倒了全场所有的人。而摇滚王子池亦飞，当然也掀起了会场的第二次高潮。

黎小溪在最后念到最受欢迎的两位男女歌手的名单的时候，知道这一场角逐，自己是彻头彻尾的失败者。

五

黎小溪在博客上，一个人自言自语了很久，她始终无法原谅池亦飞，还有林七七，如果没有他们，她也不会如此热衷于这场角逐，而是像那晚在天台上的歌声，只唱给自己一个人。可是他们刺眼的光芒，却让她成为那个衬托花朵的绿叶，他们光彩照人，她则是暗淡无光。

而池亦飞与林七七，则像是什么也没有发生过，照例与每一个人，都淡定地交往着。似乎，那场三个人的角逐，不过是一个小到可以忽略不计的测验，分数的多少，老师都不关心，他们自己，更不必去斤斤计较。

但黎小溪，却在这样的平静里，知道自己快要撑不下去了。甚至连博客上的心情散记，也不再能够让她觉得心平气和。

就在她打算写信给池亦飞的前一天晚上，她在博客里，看到一个匿名的留言，说，一直在她的身后，远远地注视着她，像一个影子，跟着不会回头的一个漂亮女孩。她在月亮的皎洁里，扬头走着，而她自己，则因为仰慕，甚至都不敢呼吸，怕一用力，便将她吓飞了；就连她偶尔绊倒了，或者脸红，或者口吃，或者犯了她自己觉得不可原谅的错误，她在她的心里，都不曾黯淡过；因为，她一直那样深深地仰慕着她……

而几乎是同时，她又在信箱里，收到另外一封匿名的信，邮箱是几个字母的缩写，她想不出会是谁。信里几乎没有字，只有一幅手绘的漫画，深蓝色的夜幕下，一弯月亮微笑着，俯视着大地；高楼上一个长发的女孩，正在歌唱，一只野猫，悄无声息地沿墙走着，似乎怕打扰了这样美的歌声。而黑暗的宿舍楼里，却有一盏灯安静地亮着。那盏灯的位置，绘者无心，看者却是瞬间便猜到了所处的宿舍的号码。因为，黎小溪曾经一次次地，在经过时，仰望过那里晾晒的一件件男生的衣服。

黎小溪知道第一封信，来自林七七，亦知道那一幅画，来自池亦飞。她一直以为，自己是那个被人忽略的墙角的花朵，不仅被父母忘记了，亦被另外两盏度数超强的灯也给忘记了。是这场让她差一点丢掉希望的角逐，才看清了他们与她，原来是一样敏感又羞涩的少年。

来不及对你说抱歉

▶ 文／艾美丽

> 友谊也像花朵，好好地培养，可以开得心花怒放，可是一旦任性或者不幸从根本上破坏了友谊，这朵心上盛开的花，便会立刻萎顿凋谢。
>
> —— 大仲马

一

我依然记得简，就像记得在那段混乱模糊中，浪费掉的青春。

那时我们读高二，简是学校乐队的主唱，有狂野不羁的台风和动感妩媚的声线。每一次学校举办晚会，最出彩的都一定是简。我喜欢简的一切，她纯净的名字，她野猫一样性感的眸子，她从不花哨却味道十足的饰品，都让我深深地迷恋，并心甘情愿地跟在她的后面，做她忠实的"简粉"。

　　我是从理科班调到文科班来的，所以当我挤进这个只剩了一张空位的教室时，班里并没有几个人将视线转移到我的身上。他们大多数忙着组建自己的小团体，或者为讨得老师的欢心而做急功近利的努力。我的课桌上，空空荡荡的，一天都没有出现过同桌，也没有几本像样的书。我坐在这样的书桌后，感觉自己像是被世界给遗忘了，就像将我绕得晕头转向的物理加速度，还有始终不让我记住的历史事件。

　　简的到来，几乎毫无征兆。记得是在上课，简悄无声息地推开后门，走到我的身边，猫一样擦着我的后背，坐在旁边冷清了很久的书桌前。从她坐下开始，她的双手就在腿上，没有停止过敲打，尽管没有声响，但我却从她神采飞扬的眼睛里看得出，她已经完全进入了一种音乐的梦游状态，以至于语文老师一连在上面喊了三次她的名字，而且我也用手臂碰了她两次，她才慌慌地站起来，一脸茫然地问道：您说什么？

　　班里有人在笑，基本都是女生，带着一种微微嫉妒的嘲弄。简却丝毫没有介意别人的奚落，只是调整一下表情，就像在舞台上不小心摔了一跤，她拍打一下灰尘，继续歌唱一样。

　　问题的答案，是我写在纸条上，推到简的面前的。简照着读完后坐下，在上面飞快地画起乐谱上的小蝌蚪，然后朝我俏皮地一笑，又用手在膝盖上弹起无声的音乐。我歪头"听"着，并很快地被那优美的曲子，给吸进去了。

二

　　我开始成为简最忠实的粉丝。

　　但凡有她的节目，我一定是去得最早的那个。我像小时候去广场上看露天电影一样，搬了小凳子，仰头看那屏幕上笼着光环的明星。简所属的

乐队，也有很简单干脆的名字，叫"飞"。我坐在台下，看着简在狂放的音乐中，旋转，跃动，的确有飞翔般的 High 感觉。那样耀眼夺目的简，像一个巨大无边的磁场，我不由自主地，就被她给吸进最炽热的中心。

但这样的机会，在学校里，其实并不是太多。他们常常排练好了节目，却因为学校老师的保守而被撤掉。每每这时，简总会拉上我，去学校旁边的山上不停歇地走，最后走累了，她便躺倒在山坡上，没有一句话，只定定看着头顶缓慢飘过的云朵。我嘴笨，不知道该如何劝说简，也知道此时的简，其实不需要任何人的劝慰，她只想让旁边有一个人，默默地陪伴着她；尽管这个人，未必就是如我一样平凡到根本无法能与简有思想交流的女生。

可是我却希望，能够做简身边最有用的那个女生。我愿意为此做任何的事情，包括丢弃掉日渐在班里显山露水的成绩。

简不甘心自己辛苦排练出来的节目还没有绽放就在舞台下夭折，她要让这些歌声，穿过校园，抵达整个小城的角角落落。这样的野心，让简开始重整"飞"乐队，不仅添加了人员，还加快了创作新歌的步伐。

而我，很幸运地被简选作其中一个成员，尽管我不会唱歌，也不会敲架子鼓，更不会创作歌词。但我却具有了自己的用处，可以在简上台前，为她拿拿衣服，做做舞台布景，或者帮她递一杯纯净水。

我从电视里知道这样的活，叫"跑龙套"，是一个剧组或者乐团最卑微的职位，但我却干得兴致勃勃，乐此不疲，并不惜牺牲掉大段大段的时间陪在简的身边，只等她说一句口渴了，想要喝水。

我们的排练，很快地得到一家商场的认可，他们答应给"飞"乐队一笔不菲的费用，让我们替他们一款新到的商品开一场宣传的晚会。

彼时已经快要到期末考试，学校里正紧锣密鼓地在组织一场又一场小型的测验考试，可是我们的排练，也需要耗费掉大量的时间。知道老师们肯定不会允许我们到外面演出，所以一切也只能秘密地进行。秘密到我们签署了协议，谁一旦泄露了风声，就自动离开乐队。

可是，生活却是朝着我们没有预料到的方向，拐了弯。

三

我一连缺席了两次测验之后，老师们终于将妈妈找来。班主任在办公室里，把我一片鲜红叉号的试卷推给她看，又说，你女儿也不知道在搞什么名堂，天天跟一群学音乐的学生混在一起，她以为她有美丽的歌喉，可以吸引住高考阅卷老师啊？

妈妈脸上犹如被泼了油彩，红的蓝的紫的，倾倒出来，便变成了对我满腔的怒气。她将我揪到班主任面前，让我当着她的面，向老师保证自己从今天起到期末考试结束都不再逃课，或者三心二意地学习。

我低着头，看着指甲上简刚刚给我涂上去的鲜亮的蓝色，忍住笑，一本正经地回复道：我保证以后再也不迟到旷课，再也不跟差生们混在一起，敬请老师们监督。

可是当我在第二天课间去简的排练室找她的时候，她却变得异常地冷漠，还几次因为我晚拿了片刻的水杯而朝我发脾气，又嘲讽我说，如果不想当这芝麻官，干脆引咎辞职算了，别占着位置什么用处也没有。

我在喧嚣的排练室里，听着简这样大声地呵斥我，终于忍不住哭出声来。我以为简会过来安慰我几句，说，对不起，我不是故意的，可是她什么也没有做，而是跳上舞台，对她的乐队喊：下面我们来完整地来一遍刚才的曲子。

我悄无声息地收拾好自己的东西，转身离开。推门的瞬间，我在余光里，瞥见简骄傲地昂着头，大声地唱着"青春倏忽而过，我却还在壳中，

不肯看那纷繁的世界……"自始至终，她都没有因为我的离去，而正视我一眼。

我一天天地等待着简，等待着她向我道歉，或者，什么也不说，只是像往昔那样，拉起我的手，去爬山，不停歇地爬，直到爬到我们都累了，躺倒在山坡上，想无边飘渺的心事。可是，她却是在那场晚会，快要开始的那天，也没有跟我说过一句话。

她将我彻底地给忘记了。而我，却并没有忘记，应该怎样挽回自己被简忽略掉的自尊。

四

演出的那天，我逃掉晚自习，一个人走了二十分钟，抵达那家商场的门口。远远地，我便看到简与"飞"乐队的成员们，在忙碌着搭建舞台，布置背景。帮忙为简跑龙套的，是个笨手笨脚的男生，几次我都看到简冲他蹙了眉，而后叹口气，将被他弄得更糟的布景重新弄好。

我就这样在大风里，躲在一株芙蓉树后，看简紧张又快乐地忙碌着。那样的快乐，本来也应该有我的一份，却不过是因为小而又小的失误，被简硬生生地夺了去。或者，她本来就不打算将之分给我，是我自己太过多情，这样陪伴着她，走了这一程孤单的时光。

商场旁很快地聚集了很多观众，看这场热情的演出。许多邻校喜欢"飞"乐队并爱慕着简的男生，也逃了自习，为他们捧场。乐队的每一个人，包括那个笨拙的龙套男，此刻在别人的注视里，都有了某种我可望而不可即的光环。

可是，我并不羡慕他们，我知道这样的光环，不过是片刻就会消失掉的。简没有给我的光环，注定她自己也不会那样完美地得到。

简的演唱刚刚开始，她在一阵欢呼叫好声里，还没有来得及唱第二句，便有商场的经理走上来，说，因为没有经过校方同意雇用这个校园乐队，这场晚会只能遗憾地取消掉。

我隔着重重的人群，看见忧伤迅速地席卷了简。她站在凌乱的舞台上，竟是对着麦克风，大声地哭出来。

我早已预料到简这样的痛苦与难堪，我一直以为，我会在想要的结果面前会有种甩掉什么的快乐，可是，我却发现，我的心里，和灯火通明下的简一样，被哗地一下，掏空了。

一切又回复到昔日安静的模样。期末考试很快地来了又去，我的成绩，在父母老师的期望里，终于像那春天的花儿，在倔强地沉默之后，还是吐露了芳香。

学习音乐的学生，开始被学校集中起来，重新组合成一个班，为了高考，而进行有效的训练。课桌的左边，又重新变得落寞起来，尽管，我每天早早地来到，都会将之擦拭得干干净净。

我对简，自始至终，都没有解释过，曾经怎样因为她将我赶出乐队，自私地向老师"举报"了他们那晚的动向。而简，也未曾对我提起，我的妈妈怎样找到了她，"告诫"她说，以后不要再拖我的后腿，耽误我的学习。她只是用那样"无情"的方式，一言不发地，"赶走"了我。

一切都来不及了，我们很快地历经了高考，并将那些不知道对错的过往，一起刻意地忘记，且再也不想，面对那些时光里无法挽回的伤害。

第二辑

Chapter Two

醉美文摘

Zuimei
Wenzhai

有些忧伤，刚刚明白

▶ 文／艾美丽

> 爱情里面要是掺杂了和它本身无关的算计，那就不是真的爱情了。
>
> ——莎士比亚

一

知菡鼓足了勇气，在森柏第 30 次经过街心小花园的时候，跑过去将他阻拦住。

森柏漫不经心地抬头，淡淡扫她一眼，道：你是谁？有事么？知菡预演过上百次的台词，突然就卡了壳，她想象中的电影里的经典桥段，也随之停住了。那一刻的知菡，感觉自己像地上的一只蚂蚁，或者小虫，不过是一阵小风，便可能让昔日所有的辛劳、美好、欣悦，全都化为乌有。而自己，却是连丝毫挽救的余力，都没有。

知菡最终做的，就是朝森柏笑笑，露出闪闪发光的牙套，而后从身后拿出一本书来，小心翼翼地问道：是你丢的书么？森柏的视线，只是轻轻一转，便又跳荡开去：你叫什么名字？知菡的呼吸几乎停止，她想象中的结果终于到来，森柏竟然开口问她的名字，是不是，他也早已开始关注自己？知菡语无伦次地将自己的名字报出来，而后羞涩地低下头去，等着森柏给她一个浪漫的开始。

沉默了片刻后，森柏终于开了口，语气里带着惯有的嘲弄和不屑：天下还有没有像你一样的傻瓜，拿着自己的书问是不是别人丢的？说完便绕开知菡，吹着得意洋洋的口哨，走开了。而被丢下来的知菡，则像一株失水的植物，在烈日下，被封皮上"陈知菡"三个大字一烤，便倏忽没了影。

这是知菡第一次主动地向一个男生示好。她幻想过千万次的结果是，森柏将她的名字一笔一画地记住，而且，此后会找各式各样的理由，在小花园的拐角处，等她过来。而后两个人在凉爽的秋日，边吃着爆米花或者怪味豆，边闲闲地溜达去上课。知菡还幻想过女孩子们在见到她与森柏在一起时，集体发疯的场面，那时的她与森柏一样有着淡漠不羁的面容，不管外人如何地起哄、阻拦，都置之不理。是的，置之不理，这是森柏对向他示好的女孩子，千篇一律的表情。

就像幻想过后，知菡再看到森柏从楼下经过，他依然连眼皮也不抬一下，依然做回那个让女生们疯狂自己却一脸无辜的"讨厌"男生。

二

森柏是从一所艺校转到邻班来的，如果不是知菡的小姨，就在那所艺校做老师的话，知菡才不会搭理这个坏脾气的男生呢。知菡在森柏来之

前，也曾有过一段风光，用她自己的话，就是完全不亚于任何一个超女。她有自己的一帮粉丝，尽管为数不多，时常还会朝秦暮楚来一些小小的背叛，但到底是追捧她的，只要有她的文字上了杂志，铁定会将吃饭的钱掏出来去买。当然作为回报是，知菡的稿费来的时候，一定要请她们去唱歌，而且，那笔小钱，全部花光了才算彼此交心的朋友。尽管如此，知菡还是开心有这样一群女孩为自己捧场，且在适时的场合，像真正的粉丝一样，为自己炒作人气，加油助威。

一切改变，都是从森柏的到来开始的。

并不是他长得怎样的帅，如果知菡的文笔稍稍刻薄，他也不过是一只变不回来王子的青蛙，再怎么才华横溢，能将那歌声婉转的鸟儿比下去，又有什么用呢？但那些见风使舵的粉丝们，还是掉转了方向，将昔日给知菡的掌声，毫不吝惜地就全给了森柏；而森柏，却对于如此热情的示好，反应冷淡，甚至，他在那场让他名扬全校的歌唱比赛中，对于台下女生的尖叫，还有略略的厌倦和不屑。这一点，别人看不出来，但敏感的知菡，却是清晰地窥到了。

所以知菡在发现自己的粉丝全都跑光了，而且自己竟然也开始关注这个该死的男生时，在心底，狠狠地把自己鄙视了一通。而后，又为自己的"掉价"，找到一个最合适的理由。知菡见到那些忘恩负义的"死党"们便说，如果不是看在曾经做过森柏老师的小姨面子上，才不会正经看他一眼，他爱怎样就怎样，偶懒得搭理他！死党们都嘻嘻笑看着她，说，哦，是么？好像历来都是才女思慕多呢。说完了她们便嘻嘻哈哈走开去，留下知菡一个人，羞成一朵秋日的蝴蝶兰。

三

知菡的那次"丢书"溴事，倒是让森柏记住了她。森柏住的地方，离知菡家的小区不远。下了公交，穿越小区花园，是森柏可以走的最近的路程。知菡几乎对森柏哪一刻钟，会抵达街心花园的第一个石凳，都了如指掌。至于森柏走路时爱唱的歌，口中嚼的口香糖的牌子，口哨何时悠扬，何时激越，书包斜挎在肩上，左边长长的带子，会以什么样的速度滑落下来，知菡更是一清二楚。这些秘密，知菡是从来没有，也不打算与任何人共享的。森柏是女孩子集体的偶像，知菡明白，但那又有什么关系呢，迄今为止，森柏还没有对任何一个女孩有过好感，所以，文笔优美的知菡，有的是机会呢。

森柏记住知菡，也仅限于她的"傻"。所以当知菡与他一次次"巧遇"在街心花园，他除了嘲弄这个不怎么漂亮的牙套女孩，便再不会搭理她。至多，会耍一点小心计，走走停停中，就把她给甩丢了。知菡当然明白，但依然锲而不舍，将自己变成一块粘糖，结实地贴在森柏的后背上，让他抠不下来，也洗不下去。这样做的结果是，森柏终于扭头站住，一脸恼怒地问她：为什么你总跟着我？知菡的心，一下子提了起来，但她还是假装不明白，一脸无辜地回他：我家住在兰草小区，要去行知中学，当然每天都要走这条路啊。

森柏被她可爱装傻的模样给逗乐了，停了片刻，他狡黠地一笑，道：那既然同路，以后你每天在小区门口等我怎么样，我们一起聊聊天，这路就不觉得远了……

他的话还没有说完，知菡就跑远了，边跑边朝身后喊：放心啦，我会做你忠实的路友的。知菡从没有跑过如此之快，她相信如果每次体育考

试，她都会给老师这样一样惊喜的话，那么，她铁定会抛掉不及格女生的帽子，次次都夺冠的。

那天晚上，知菡翻来覆去地睡不好觉，她将闹钟看了一次又一次，确定无误后，这才幸福地蒙头睡去。

四

知菡的梦，做得太多了，多到闹钟响了三次，她才迷糊地醒转过来。看见墙上贴的两个相对眯眼笑的小人儿，她才想起早起去等森柏的事。这一想起，她便慌了手脚，粗枝大叶地穿好衣服，又将昨晚从妈妈梳妆台上偷来的一点胭脂，涂在脸颊上，让自己一向晦暗的肤色，看起来更红润一点，这才抓了书包，连早饭也不拿，便冲下楼去。

小广场上当然没有人。已是深秋，知菡在空荡处站了片刻，便手脚冰凉。她努力地朝森柏来的方向张望着，希望可以看到那个背吉他的熟悉的身影。但除了三三两两骑车去上早班的人从路上过来，森柏，始终没有出现。看看表，快要迟到了，知菡的爸爸，正从对面的楼上走下来。知菡终于委屈地再次回望一眼，扭头朝学校跑去。

终于艰难地熬到了中午放学，知菡在混乱的人群里，找到了森柏。森柏看见她，有一瞬间的躲闪，但知菡随即迎了上去，语无伦次地，低头看着自己的鞋子，说：对不起啊，真的，我起晚了，明天等你好不好？森柏的声音，有点诧异，但他即刻笑道：好啊，我先走了，明天早晨见。

但知菡还没有对自己的晚起释然，第二天的清晨，依旧没有等到森柏，她甚至试图沿着森柏来时的方向，走了一段，发现终点只是一条无法跨越的护城河之后，这才失落地扭身朝学校走去。第二天，第三天，不管知菡起得多早，都等不到森柏。老师们已经开始对她不满，屡次提醒她说，如果再迟到，或许就要请家长了。

知菡在老师们的严厉警告里，终于哭了，但她还是在走廊里遇到森柏的时候，友好地朝他笑笑，而后低低恳求道：如果，我迟到了，你能否等等我呢？她不敢看森柏的眼睛，她不知道那一刻的森柏，怎样红窘了脸，几次想要开口对她说些什么。

但自始至终，知菡都没有同森柏在街心花园里相遇过。最后，知菡终于失望了，她相信这是缘分，时间从来都不让她与森柏有相遇的机会，总是他早一刻，她晚一刻，或者，相反。如果真的如此，那么，再等下去，就没有必要了吧。知菡想。

五

知菡就这样开始躲避森柏，而森柏，也似乎不再想要见她。总是在快要相遇的瞬间，两个人中的某一个，转身走开了。知菡曾经为这样一场还没有开始便已寂然结束的情谊，为她第一次主动地朝一个男孩，索要一份同行的车票未果，而难过了许久。

这样直到有一天，昔日一个追随她的女孩子，在夜色里，朝她吐露心事，说，自己曾经有一段时间"背叛"了知菡，只是因为，她暗恋上森柏，千方百计地想要与他同路回家。没有想到，森柏竟是很轻易地就答应了她。从那天开始，她天天都是第一个冲出教室，在约好的一个拐角处等着他。但一连一个星期，都没有等到森柏，直到后来，她才明白，森柏不过是为了躲避她的纠缠，随口说说而已，而他自己，早已另辟了新的路线。

女孩说，你看，我多傻，怎么就不想想，那么骄傲不羁的森柏，他自

负到不肯与任何女孩子说话，像我如此不美的女孩，他怎么能够喜欢？

知菡在夜色里紧紧握住女孩的手，说：傻瓜，不是我们不美，只是因为森柏挡住了你的视线，让你暂时地看不到其他的东西，所以，你才会为一点点的失去，而觉得感伤。就像现在他走了，我们也毕业了，那么多东西都不再回来，但又一个新的开始却如此轻易地，就掩盖了我们的忧伤……

知菡知道，这些话，其实，她也是刚刚明白。

分手后不说再见

▶ 文 / 萍萍

> 一个人最大的破产是绝望，最大的资产是希望。
>
> ——佚名

一

16岁这一年发生了很多事，我仿佛跌入了一个无底的深渊。

我没想到，看似恩爱的父母其实已经协议离婚了半年，他们貌合神离地生活在一起，只为给我制造一个和睦家庭的假象，让我安心参加中考。

我想不明白，既然他们能够为了我的中考维系了半年的假婚姻，那么为什么不可以为了我把破碎的婚姻一直维系下去？让我一直生活在幸福的假象中？我宁愿自己不知道这一切，或许这样，我就不会这么痛苦。

婚姻可以维系，幸福可以伪装，我身边最爱的两个人给了我一记清脆而闪亮的耳光，让我彻底地迷失了方向。我不知道我还可以相信谁？我讨

厌这种欺骗。

当我兴奋地把一中的录取通知单交给他们时，他们却回报了我这样一个"震惊"的消息。我恨他们。

我不再当循规蹈矩的好学生，开始自暴自弃地逃课，和街头的小混混一块玩。我在溜冰场认识了一个叫锋哥的大男孩。锋哥是一个混混，打架很凶，女朋友很多。我知道父母最担心我早恋，我就偏偏要早恋，和一个在他们眼中毫无前途可言的小混混谈恋爱，我要报复他们，让他们后悔他们的决定。

我把自己乌黑的长发染成大红色，还涂上黛青色的眼妆和夸张的鲜红唇彩。看着镜子中的自己，我觉得像极了一只火鸡，可是我无所谓，我想只要锋哥喜欢就行了，他的其他女朋友，哪一个不是打扮得花枝招展呢？我怎么可以让自己逊色于人？

锋哥对我很好，他从来没有凶过我。当他告诉其他女孩，我是一中的学生时，那些女孩一脸诧异。我叼着烟，不屑地说："一中算个屁呀？"然后抓起一瓶喝剩的啤酒灌到嘴里，不知是喝得急的缘故，还是别的原因，我居然呛了一口，眼泪和鼻涕都咳了出来。

"你别嘴硬了，回去好好读书吧，你和我们不一样。"锋哥说，然后拍了拍我的肩膀。我紧紧握住他的手，难过地说："你是嫌弃我吗？"我突然悲从中来，禁不住"嘤嘤"地痛哭。

我是不甘心，可是我不甘心又能怎样？

二

我要留宿在锋哥家时，他第一次对我发火了。

他连推带拉地把我送上了回家的路，走了好一会儿，见我情绪平静些时，他说起了他的事。原来锋哥以前也是个学习不错的乖孩子，他有个年纪和我一样大的妹妹，他们一家四口过得很幸福，可是一次外出旅行时，在高速路上发生了严重的车祸，只留下锋哥一个人。"他们都走了，偌大的家里就只剩下我一个人，我常常做噩梦。那时常有周围的孩子来欺负我，我就奋起反抗，一次又一次，当我把他们都打败时，他们就开始怕我了……"

"你那时怎么不继续读书？"我插了一句。

"是呀，当时怎么就不知道继续读书呢？要不也会有一个光明的前途。你呢？妹子，你还不迟，回去好好读书……"锋哥像个大哥哥教导我。他此刻的眼中，没有平日里的凶光，让我感觉特别的安全。

"我想和她们一样当你的女朋友。"我低低地说，脸涨得通红。

"小屁孩，你才多大呢？第一次认识你时，就感觉你像我妹妹，很倔强。哥没做过什么好事，就让哥高尚一回吧。"锋哥一本正经地说。

"锋哥，你是看不上我还是不希望我堕落下去？"我固执地问，一定要得到答案。

"你漂亮，高挑，是个男人都会喜欢，但哥怕害了你，毁了你的前途……"锋哥絮絮叨叨，然后匆匆在我额头蜻蜓点水般吻了一下，说："这样可以了吧？这是哥哥对妹妹最高的礼仪，回去后洗掉这些染发，太像只火鸡了……"锋哥说着，忍不住呵呵笑了起来。

我羞红脸，没好意思再看他，一直低头跟在他身后。

晕黄的街灯挥洒淡淡的清辉把我们的影子拉得悠长。一轮明月正当空，如水的月光下整个城市都变得温润而多情起来。

三

我回到家，洗去染红的头发，卸掉脸上的浓妆，换回了校服。那天夜里，我伫立在窗前，望着天上的月亮想了很多很多，泪水在不觉中悄然滑落。

锋哥说得对，无论如何，我们都不能拿自己的人生来赌气。这世上没有后悔药，我不能在将来才后悔自己今天的行为。父母的选择固然自私，但每个人都应该为自己的人生负责，他们不想将就过一辈子，我只能为他们祝福，而不能陷入迷雾不再出来。谁的人生一帆风顺呢？可是无论遇见什么困难，我们都不该放弃自己。

悬崖勒马的我回到学校后仿佛变了一个人，虽然不那么爱笑，但我已经鼓起勇气去尝试接受将会发生在我生命中的任何一件事。我只想理性地去面对而不是用极端的方式来伤害自己，报复家人。我埋头苦读，努力把过去落下的功课补回去。我不再敌对父母，会安静倾听妈妈的唠叨，也接父亲打来的电话。我相信他们终究还是爱我的。

我没再见过锋哥，他和他的众多女朋友仿佛从我的世界中消失了，那段短暂的时光犹如一个梦境般出现在我的人生中，让我重新审视了自己，认识了父母，也开始了解这个社会。锋哥说过，一个人只有让自己变得强大了才有能力去做自己想做和愿意做的事。

他让我不要再去找他。我知道他是为我好，毕竟我们是不同的人，会有不同的人生路。"人生聚散无常，分手后不说再见。"这是锋哥最后对我说的话。

拨开青春的迷雾，我希望能够看见曙光。

萌萌的郝老师

▶ 文 / 龙岩阿泰

学贵得师，亦贵得友。

——唐甄

第一堂课

开学后，当年轻的郝老师走进教室时，班上顿时乱成了一锅粥。

有同学在大声喧嚷，有同学拍着桌子唱歌，还有几个同学干脆坐在桌子上，跷起二郎腿聊得热火朝天，班上最调皮的几个甚至当着郝老师的面起哄。喧闹声、哄笑声、歌声此起彼伏，像个热闹的市场，我则像个局外人般准备看好戏。

郝老师真的很年轻，就像邻家姐姐，看她故作老成的表情我就觉得很有意思，她的个头不高，要不是站在 30 厘米高的讲台上，混入学生群中瞬间就被淹没了。她伪装严厉的表情没坚持几分钟就被大家揭穿了，那一

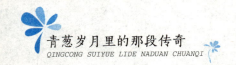

刻，她突然笑得像个孩子，还露出可爱的酒窝儿。

"你是新来的同学吧？一点也不像老师。"有同学在后边喊。

"是呀，是呀，你到底是新老师还是新同学呀？"有人跟着起哄。

"我是新来的班主任，我姓郝。"她说着，然后转身在黑板上写下"郝玫"。

"郝玫，好倒霉！"大家叽叽喳喳地喧闹起来，又是一片哄笑声。

郝老师听后，瞪起了眼，大声说："不要叫我'好倒霉'，太难听了。叫我'郝老师'吧，这样感觉悦耳一点，请大家帮帮忙。"

"郝老师好！"大家很配合地异口同声。

郝老师喜笑颜开，像个突然得到糖果的小孩子。

"说说你们心目中的好老师形象吧，我希望有个参考。"她微笑着说。

"你姓'郝'就是好老师呀！"

"尊重我们，平等对待，不要摆老师的架子。"

……

大家七嘴八舌，各抒己见。

第一堂课就在一阵又一阵哄笑声中度过，只是在临下课前，她突然很动情地说："我是第一次当老师，你们可是已经当了好多年的学生，要多多支持我哟！有做得不好的地方，请一定及时指正我，我想做个真正的'好老师'，希望成为你们的朋友，请大家帮帮忙。"

感觉得到她的真诚，但习惯了喧闹的我们谁也没当一回事。

志同道合的"联盟"

心底里我有点同情她，第一次当老师就要接手我们这样的乱班。我们班成绩差不说，纪律也最差。听一个老师说，我们前一任老班就是生气过多，怒火冲心才导致住院的。

臭名远扬，没有老师愿意接手我们班。班主任责任大，稍有差池就要负上连带责任。我估计校领导是欺负她刚毕业，在调不动其他老师时就派她来我们班"锻炼锻炼"。

"郝老师好萌呀，笑起来的样子像个小孩。"

"是呀，她穿的好像是'淑女屋'的裙子。"

"她看起来比我们还孩子气，听她的课应该会比较有意思吧？"

一下课几个女生就聚成一堆聊得兴高采烈。

我在班上是个局外人，不喧闹，也不调皮捣蛋，每天喜欢看厚厚的书，或是没完没了地进行武侠小说创作。只是我对学习没兴趣，学那些无聊的课程，还不如看几篇有意思的文章。

我虽然不闹，与其他同学也格格不入，但他们都不敢招惹我。我学过六年的散打，如果不是脚严重受伤，我不会退出散打队，但人生没有"如果"，我唯有接受现实，只是性格变得暴躁易怒，那些看似牛气哄哄的同学看见我也要绕道而行。

郝老师不知从哪听说了我喜欢写小说的事，有一天课后，她居然跑来问我："小宇，听同学说你喜欢写武侠小说？"我看了她一眼，没吭声。"我也喜欢，不过，我写短篇武侠，长的驾驭不住。"她继续自说自话。

见我好一阵都没开口，她有点尴尬了，红着脸说："干吗不说话？我们算是志同道合的武侠文学爱好者。"

"你是老师，我是学生，有代沟。"我突然硬生生地回一句。

"我刚毕业的，很年轻，没代沟。"郝老师说着，自己禁不住笑了起来。

"你是想要我上课别写，对吗？我做不到。"我直截了当地堵住了她的退路。

"我只是想和你交流一下，能看看你写的武侠小说吗？我想成为你的读者。"她说。

她的样子根本不像个老师，说她是邻班的女生肯定没人反对。她像老师的唯一一点就是不用穿校服。她很健谈，虽然我没怎么说话，但她却是兴致勃勃。她还说了几篇她写过的小说名字，其中有一篇我在杂志上看见过。

那天回家，我就上网搜索，没想到名气挺大的作者"雪天飞花"竟然会是她，一个看起来萌萌的老师。

那之后，我总会在网上搜索她的武侠小说看，还别说，郝老师确实是个深藏不露的高手，她写的小说情节连贯，环环相扣，让我爱不释手。我有点崇拜她，但从来不敢告诉她。但郝老师告诉我，什么年纪做什么事，现在是打基础的年纪就应该把基础打牢，至于写作，只要喜欢，可以用一生去经营。

因为郝老师，我才开始思索未知的明天，不再浑浑噩噩虚度时光。她是我志同道合的"联盟"，无论如何，我都应该支持她的工作。

一场游戏一堂课

郝老师和其他老师确实不一样，她的授课方式我很喜欢，估计班上的同学都喜欢吧，毕竟大家都喜欢玩游戏。她教语文，常常结合书里的内容玩一些游戏，课堂气氛是空前的活跃。

以前我们上课时都是各做各的事，就是没人喜欢听课，喜欢和老师唱反调。那些书里的内容看一遍就知道了，学起来无聊乏味。

郝老师喜欢旁征博引，而且常常是妙语如珠，我总感觉听她上课就是在玩，现学现卖。十四五岁的人了，谁都有表现欲，再说了，现在的学生哪个不常常上电脑，如果没些好玩有趣的内容，谁爱听呀？

她从来不专门上作文课，倒是像闲聊一般，叫个同学起来，分享一下有趣快乐的事。她还循循善诱，让大家讲得风趣、翔实。

我也和大家分享过我以前在散打队的故事，还特别讲了一场我印象特别深刻的散打比赛。因为是亲身经历，又是感触最深的一场比赛，我讲得很精彩，博得掌声阵阵。没想到，下课后，她立即来找我："把你课堂上讲的故事写下来就是一篇很棒的作文了。你的武侠小说里，也要有很多那样精彩的场面描写，再加上情节的巧妙安排，就是一篇成功的武侠小说。"

"讲的故事都可以当成作文写吗？"我不大相信，我们每个人都很能说，但写出来的东西就差远了，而且喜欢动笔写的人很少。

"完全可以，只要讲得精彩，吸引人。"郝老师一脸肯定地说。

每次的语文课，都会有不同的游戏由每个同学轮流进行。刚开始也有同学不配合，她就像个小女孩般乞求："帮帮忙呀！同学。"见她的萌态，我们都会笑着答应。

课前三分钟演讲，五分钟故事分享，成语接龙，猜字谜，脱口秀，每天的语文课大家都玩得很热闹，谁也不会有功夫再做其他事，更没有人能够在上课睡着。看似闹腾玩乐，其实老师已经把写作上的一些技巧都以玩的方式传授给我们。几个星期后的作文考试，我们班的作文平均分竟跃居年级第一名，虽然其他科的分数不大尽如人意，但整体的士气已经完全不同了。

鉴定大会

半期考结束后，我们班的分数有小幅度的进步，毕竟脱离了最后一名，大家都欢欣鼓舞，最让她开心的是，我们的纪律分进步了一大步。

她常常用开玩笑的口吻对我们说："大家帮帮忙啦，我第一次当老师，可不要让我太丢人哟！"她在我们面前卖萌撒娇，我们很受用。她和我们过往的所有老师都不同，她没有经验，她会用示弱的方式方法激起我们的好胜心。她私底下了解清楚每个同学的喜恶，扬长避短，让我们把自己最优秀的一面表现出来，当然也让我们学会正视自己的缺点并去修正。

有一次班会课，她在黑板上写了"鉴定大会"四个苍劲的大字，然后让我们找出每个同学的优点，越多越好，当然也要符合事实，说完优点，还有一个"有待改正"。

郝老师说："你们要善于发现别人的优点，适当放大，这样会赢得意想不到的友情。当然了，夸人不能太夸张，只能适当放大。批评人的话要说得委婉，点到即可，毕竟谁也不笨，得学会给人留面儿。"

那堂"鉴定大会"课，郝老师以她的亲身经历给我们上了一堂关于交际的课，就像她说的，交际能力是现代社会很重要的一项能力。互相尊重，真诚相待是基石，再加上语言上的技巧让自己成为受欢迎的人。

"怪不得我们都喜欢你，原来老师有技巧。"一个女生大声说。

"是呀，好像和老师相处时特别轻松。"另一个女生马上附和。

郝老师笑了，她眨巴着眼睛说："我都把压箱底的东西透露了，你们可要多多支持哟！我的前途都在你们手上，你们就是我的前途哟！"

"老师放心，我们不会让老师丢脸的。"我们异口同声地说。

"那就谢谢各位了！"她一脸的萌态，在瞬间又把我们逗乐。

萌萌的老师

郝老师不仅在我们面前萌态十足，在其他老师面前也是这样。不过，萌萌的老师也是会发脾气的，那件事是由我引起，害我有段时间看见她都不好意思了。

郝老师支持我写武侠小说，我暗自得意了很久。以前的老师之所以不管我，是因为我写小说不影响课堂纪律就任由我。我以为郝老师支持我就除了语文课外把其他课的时间都用来写小说，作业也不做。甚至有次班上有外校老师来听课，我也不管不顾埋头写。那个老师叫我起来回答问题时，我也没听见，直到同桌捅我，我才忙乱地应："干吗？"声音有点大，逗乐了其他同学，课堂纪律大乱。老师气得直瞪眼，一下课就大发雷霆。

郝老师从教室外经过，急忙进来劝解。她不说还好，一开口，那个老师就嚷："上我的课写小说，平时也就算了，有人听课也这样，还当不当我存在呀？"

我不吭声，郝老师见那个老师气急了，于是暗示我赶快道歉认错。我却是故意视而不见，更是激起那个老师的愤慨，他拍着桌子说："这个班，我不教了。""那怎么行？你们看看，都把我们老师气成啥样了？他是负责的老师，如果不负责，谁爱管你们呀？爱谁谁？……"郝老师好说歹说，一边让我道歉，一边宽慰正气鼓鼓的老师。

看着郝老师一脸赔笑，那为难的表情让我心里有点难过，我不得不低声下气当面道歉，并且承诺以后会认真上课。

"承诺了就要做到，能不能？"郝老师问。"能！"我肯定地说。"好了好了，这就好。别生气了，老师，你不生气的样子还是很帅的。"郝老师故意逗乐那个正在气头上的老师，看见他笑，事情才算了结。

　　后来郝老师私底下找了我，给我分析利弊，让我明白学习的重要性。她还告诉我她曾经在课堂偷偷写小说的事情，"真的不好！平时没听课，一到考试就乱了阵脚，要不是挑灯夜读努力追赶，我可能就毕不了业了……现在回头看，真的不应该。"说着，郝老师叹了口气，似乎是对逝去年华的惋惜。

　　郝老师并不仅仅是对我好，她对全班同学都很好，我们也信服她。看着她萌萌的可爱的样子，我们就不忍伤害她。她对我们的好，我们都能够感知。

那年的青葱岁月，花开半夏

▶ 文 / 安一朗

> 友谊是培养人的感情的学校。我们之所以需要友谊，并不是想用它打发时间，而是要在人身上，在自己的身上培养美德。
>
> —— 苏霍姆林斯基

一

周末无聊，偶然看了一场"快乐男生"的比赛，当华晨宇出场时，我愣住了，莫名地就想起了同桌的你——江小北。

江小北，你长得太像华晨宇了，同样戴着黑框眼镜，不高的个头，木讷的表情，凌乱的头发，因为不合群还总是沉溺在自己的世界里被班上的同学说成是"外星人"。江小北，如果你也在看"快乐男生"的比赛，会不会感叹这个世界上居然还有人长得和你这么像，就连性格也差不多？你

们是失散多年的亲兄弟吗？

　　江小北，时间过得好快呀，毕业至今，已经有好多年了，但那些往事，你还记得吗？或许你早已经遗忘了，因为我记得，你从来都不在乎别人怎么看你，你有你的世界，有你的思维方式。但我在看着华晨宇的短片介绍时，回忆还是像潮汐般涌动起来。

<h1 style="text-align:center">二</h1>

　　那时候，骄傲与自卑都并存在我身上。因为胖，我总是在体育课上被大家嘲笑，这让我自卑得无地自容，但又因为成绩优秀，一到考试时，我又像打了鸡血般斗志昂扬。我努力做最好的自己，说真真假假的话，委曲求全，只想赢得好人缘。

　　我和大家一样，因为你的怪僻性格讨厌你。在你调整位置搬过来和我同桌时，我直喊"倒霉"，觉得自己和你同桌后会被人更加嫌弃，遭人排斥。那时候，我是那么渴望得到别人的友谊，虽然很困难。和你不同，你是自我封闭，而我是被人排斥。我努力地想融入大家，却因为胖，所有的努力只是徒劳。但那时，我真的是希望大家能够接受我。

　　我还因为与你同桌后，被一个男生骂："两个怪胎，天生一对。"而偷偷抹泪。那时，我真的很生气，甚至有点恨你，觉得这一切都是你的错。

　　可你当时居然对我说："别人都不喜欢你，何苦还眼巴巴地往上凑？你到底有没有自尊心？"你的话让我面红耳赤，还好你没有正眼看我，没有看到我窘迫难堪的表情和眼中闪烁的泪花。一个胖女孩，连友情都是奢求。

　　"我的事需要你干涉吗？"我愤然地回敬你，语气冷冰冰的，如果可以用力踹你一脚的话，我一定不会脚下留情。你就是那么不会说话，明知是我的伤口，还故意往上面撒盐。

江小北，现在的你，还总会说些"不合时宜"的话么？可能有所收敛了吧，毕竟我们都已不再是小孩，言谈举止都得考虑到身边人的感受。

三

我是一个那么害怕孤单的女生，既然付出了那么多努力都得不到别人的回应和认同，于是，渐渐地就与同桌的你关系缓和起来。我主动找你说话，主动与你东拉西扯，主动关心你的学习。虽然你面对我的热忱还是一副无动于衷的表情，但我很开心，因为你最终还是会回应我，并且从来没有叫过我"胖子"。

江小北，你确实是个奇怪的人，你怎么就那么不在乎别人当面叫你"怪胎"呢？你的脑子里怎么会有那么多奇奇怪怪的想法，你真的就一点都不在乎别人对你的评价吗？而我是那么努力地做最好的自己，甚至委曲求全，仅仅就是希望得到所有人的认可。

毕竟是同桌，交往多一点很正常，你还说了一些你的事给我听。我的身边一直没什么朋友，了解你的一些事情后，我觉得我有责任对你好，所以我把所有的热情和关心都付诸在你身上了。可能是我的表达出了错，也有可能是你会错了意。我真的不知道，有一天你居然会写信给我，说是想与我交朋友。其实我们已经是朋友，但我又明白，你字里行间所要表述的意思，并非仅仅是朋友。

我看完信后，拍了一下你的脑袋，说："你想什么呢？想那么多，还想那么远。"其实我心里已经泛起了丝丝波澜，那是我第一次收信，来自

男生写的，虽然你很怪，也很普通，但你终究是个男生，而且你身上还是有很多吸引人的魅力，我小小的虚荣心得到了满足。

我没有拒绝，也没有说接受，只是在以后与你的相处中，莫名地就多了一份温柔。与你更加熟悉后，我发现你沉溺于自己的世界里时，表情总是寂寂的。江小北，你一直都是孤单的孩子，对吗？看了电视上对华晨宇的短片介绍后，我在想，你那时候，是不是也经历了很多与我们年纪并不相符的事情。我听同学说过，你父母很早就离婚了，你一直跟着你的父亲生活。父亲再婚后，你就变得怪怪的，不爱与人说话。可是我知道，江小北你喜欢唱歌。

那是一个彩霞满天的黄昏，晚自习时，我很早就到学校了。我以为我是第一个到的，没想到，上去五楼的教室，还没进门，就听到一阵好听却有些忧伤的歌声。"忘忧草，忘了就好……"我沉浸在深情的歌声中，从窗口偷偷探进头看，原来唱歌的人是你。那是我第一次听见你唱歌，平时上音乐课时，你几乎是不唱歌的。真没想到，江小北，你竟然有那么好的歌喉。听到脚步声，你的歌声倏地停了，霞光笼罩下，你的眼神却是一片荒芜。

我进去教室时，你倚在课桌旁，无聊地翻着课本。"江小北，你唱歌真好听！"我由衷地说，想央求你再唱一首时，你却拒绝了我。被拒绝，我感觉太没面子了，于是愤愤地说："有什么了不起，不唱就不唱。"

也许是赌气吧，那以后好长时间，我都不再主动找你讲话。你原本话就少，渐渐地，我们就陷入了互相不说话的尴尬境地。于你，可能很习惯吧，但我却是难受了很长一段时间。我一直没什么朋友，因为胖，自卑如影随形，我努力在学习上出类拔萃，以为这样可以赢得关注的目光，可是我想要的友谊，却从来没有降临过。

心里充满了怒气，我就像吃了火药，看谁都那么不顺眼。我对所有人付出了那么多热情，却从来没有得到过回报，于是"破罐子破罐"，心情不好时，逮谁就和谁吵。

四

"你怎么变了？变得让人陌生。"

江小北，这是你给我的最后一张纸条的内容。我看后，生气地把纸条撕了，我觉得，大家都看不起我，因为胖，我成了绝缘体，就连你也那样对我。

你主动搭话，我却不再感动，也没兴致理会。那时期末考又将来临，我所有的关注点都转移过去。只有考试才是我喜欢的，只有高分才能让我找回久违的自信和骄傲。

只是我没想到，江小北，那会是我们相处的最后时光。新学期开始后，我才知道，你转学了。听同学说，你转去了你妈妈所在的城市。因为你平时和大家都没什么交往，所以关于你的消息，我再也没有听到过。

我烦躁了一段时间，没有你在身边，我成了大家眼中的隐形人，当然，大家在我眼中也是隐形的，我陷入在自己的忧伤中顾影自怜。我不再像过去那样委曲求全，不再主动对人示好，不再想有什么好人缘。

我却是一遍遍地想你，在《忘忧草》低回的旋律中回想我们之间并不多的交集。如果那时，我们都退一步，我们是不是可以相处得更好一些。我们都是孤单的孩子，你主动封闭自己，而我被动孤独，我们渴望友情，却都不知道如何相处。

我为了维护虚荣的面子，仅仅因为你不唱歌给我听，就否定了你，否

定了我们之间若有似无的情感，在懵懂的青葱岁月中，将一份友谊变成了遗憾。

五

华晨宇在电视里唱歌了，他深情地唱着《我》，忧伤的歌声，歇斯底里的表情让人无不动容。我的眼眶濡湿，看着他，脑海中浮现的却是你，江小北，你唱歌时，是不是也是这样的表情？

很久没有你的消息了，你还好吗？江小北。如果回到从前，我一定一定不会像过去那样，为了虚荣的面子与你赌气。

知道吗？江小北，现在的我，已经不是胖子了。这些年来，我安静了很多，学会了优雅与从容，再不会为了别人的一句话而患得患失，亦不会为了赢得好人缘而变得不像自己。

那些温暖，我一直不曾忘怀

▶ 文 / 阿杜

含泪播种的人，一定能含笑收获。

——佚名

　　"记忆"是一件特别奇怪的事情，有些事可能才过去没多久我就一点印象都没有，而有些事却经年不变，会烙印般刻在我的脑海，每每想起，心之一隅悄然温润。

　　我上初中的时候，学校要求晚自习。有一天晚自习结束后，我还在焦头烂额地解一道代数题，等我离开学校时，路上已经行人寥寥。

　　那是二十几年前的一个寒冷冬夜，县城的商铺都已打烊，路上只有昏黄的街灯兀自闪烁。我裹紧棉衣使劲地蹬着自行车穿行在冷冷寒风中，破旧的街道坑坑洼洼，一个俯冲，自行车撞到一块石头，石头不大，却把我颠了下来，我连人带车重重地摔倒在地。已经冻僵的手掌擦破了皮，渗出血来，裤子膝盖处也磨破了，还传来阵阵锥心的疼。

　　我艰难地爬起来，搓着破皮流血的手掌，又弯腰轻揉摔痛的膝盖。冬夜的寒风刺骨，我冻得浑身颤抖，可能还因为疼吧，泪，禁不住倾泻而出。最糟糕的是自行车链子也断了，我难过得想嚎啕大哭。周围都没有人，夜色越来越深，我的心中充满了恐惧和难过。平复了一下情绪后，我狼狈地一把抹去脸上的泪水，无奈却毅然决然地把自行车扛在肩上，边走边哭。

　　十几岁的女孩子，平时没干过什么活儿，却要扛着沉重的自行车在寒冷的冬夜走回家，才没走多远，我已经累得气喘吁吁，肩膀疼痛，整个人疲软得挪不动脚步。可是我不能丢下自行车不管，那是父亲送给我上中学的礼物，也是我每天上、下学的交通工具，我一定要把它扛回家。父亲出差还没回来，母亲上夜班，我没有援手，只能靠自己。

　　无人的街，寒冷的冬夜，一个扛着自行车泪流满面的女孩子，这个画面很多年后依然时时浮现在我的脑海。那一夜，如果不是遇见吴桂琴阿姨，如果不是她的帮助，我不知道我能不能把自行车扛回在城郊的家里，不知道会不会被人当成偷车贼送到派出所？

　　那天夜里，吴桂琴阿姨在医院照顾她生病的婆婆，她的丈夫替换她后，她才从医院回来。远远的，她就看见一个人扛着一辆自行车。刚开始，她以为是个偷车贼，待走近后，她才看清扛车的是个正哭着的女孩，于是上前来询问。

　　我哽咽着把事情的经过述说了一遍，她疼惜地望着我，说："我家就住在附近，如果你相信我，先把自行车扛到我家吧。你先骑我的自行车回家，待明天我找人帮你把车链子弄好后，你放学了就过来换车。"

　　我有点犹豫担心有危险，但我家还很远，这么冷的冬夜，我不知道要过多久才能把车扛回家，第二天一早还要上学。正犹豫不决时，吴桂琴阿姨善解人意地说："要不这样，你现在就先骑我的车回去，明天中午放学后在街角等我，你的车我先扛回去，明天找人修好链子后再给你……"

望着慈眉善目的吴阿姨，听她这样说，我脸红了，我的担心她都理解，于是我鼓起勇气说："没事，先把车扛到你家吧，我相信你。"于是，我重新扛起车跟她回家。吴阿姨一手扶车一手帮我托着车把，让我不那么辛苦。她家真的就在附近，不到十分钟，我们就到了她家里。

进去后，她泡了碗热热的红糖水给我喝，让已经冻得双手红肿又僵硬的我瞬间温暖起来。她还找来碘酒和红药水帮我清洗擦破皮的手掌，连淤青的膝盖也抹了药膏。弄完这些，时间已经很晚了，吴阿姨说："放心吧，早点回家，明天中午放学后就过来把车换回去。"

出了门，我骑着吴阿姨的自行车回家。在路上，我一直感动得想流泪。这么冷的夜，这么长的路，如果不是吴阿姨的主动帮助，我扛着断链子的自行车该怎么办？

第二天中午放学，我骑着吴阿姨的自行车去她家时，她已经找人把我的车链子弄好了。我很感激她，一再道谢，她笑着说："没什么的，一点点小事。我家闺女比你大几岁，她在外地读书，也曾得到过很多好心人的帮助……"

后来我还去过吴阿姨家，与她女儿也认识了。我跟她说起吴阿姨那天夜里对我的帮助时，她笑着说："我妈这样做是应该的，我在外地读书时，也常常得到陌生人的帮助。"

这件事虽然已经过去了二十几年，我家也从县城搬走十几年，但我至今依旧记得吴桂琴阿姨慈眉善目的样子，记得那个寒冷却又温暖的冬夜，记得那碗热热、甜甜的红糖水……那些温暖，我一直不曾忘怀。我也努力让自己做一个能够温暖别人的人。

室友杨若琳

▶ 文 / 杜智萍

> 友情在我过去的生活里就像一盏明灯，照亮了我的灵魂，使我的生存有了一点点光彩。
>
> ——巴金

　　杨若琳是我们班人缘最差的女生，她自己似乎都不知道大家对她的讨厌，整天穿得花枝招展，一开口就嗲声嗲气的，还美名其曰：萌版林志玲。我们背着她直喊："呸！"

　　杨若琳脸皮真够厚的，明明在其他宿舍被人集体轰赶出来，到了我们宿舍后，还敢说她在那间宿舍住腻了，特意申请来我们宿舍快活几天，那话说得我们学校的宿舍就像是她家的后园子，她想住哪就住哪。

　　七个女生的快乐小屋，因为杨若琳的到来有过一段时间的休整期。那段时间里，我们不敢轻易说话，更不敢随便开玩笑，因为以前我们都是以取笑她为乐，以模仿她那腻死人不偿命的口吻说话，现在她来了，大家真是不适应，有什么话都不敢在宿舍说了。

　　杨若琳的感觉器官肯定很迟钝，特别是那双看似水灵灵的大眼睛一定有问题，我们明明在集体排斥她，她还总是一回宿舍就挤到我们的小团体来。更让人愤慨的是，她总把自己当成什么大人物，一会指挥这个干嘛，一会又点评谁的着装打扮不得体，反正在她眼中，我们七个女生是需要她好好教导的"乡姑"。杨若琳说，我们明明生活在城市里，为什么看你们的打扮就像乡下姑娘呢？我当时一听就来气了，我就是从乡下来的，乡下姑娘怎么了？哪点不比她这个小妖精强呢？我硬生生地反击她，第一次把伶牙俐齿的杨若琳堵得哑口无言。

　　只是让我意想不到的是，才没过几天，杨若琳和她的同桌柳玫吵架，吵得不可开交，柳玫坚决要调换位置，老班没办法，只好让我这个学习委员和杨若琳同桌。我把东西搬过去时，杨若琳居然对我一脸灿笑，还伏在我耳畔悄声说："欢迎欢迎！"这人真怪，刚刚还和柳玫吵得横眉竖眼的，转眼间就能笑成一朵花。我尴尬地拉动嘴角的弧线，看了她一眼就把决绝的背影留给她，前几天才在宿舍吵完架，我可是放不下脸来接受她的笑容。

　　杨若琳倒像是什么都不曾发生一样，一下课就拉住我的手，要我陪她去校食堂的小卖部买零食。我甩开她的手，耸耸肩说："不好意思，乡下姑娘不爱吃零食。"然后欢笑着跑到柳玫她们那边，几个人叽叽喳喳地聊起了明星八卦。我偷偷瞥了杨若琳一眼，在她眼中看见了一抹稍纵即逝的黯淡。她回到靠窗的位置，一直坐在那里望着窗外的桂花树愣神。

　　杨若琳终于安静了几天，那些天看着她萎靡不振的样子，我心里莫名地有点难受，但一想起她原来春风得意，一副高高在上的样子我就解气。她也会有失落的时候，她是该好好反省一下自己，太过张扬总得吃点苦果子，要不，她还真以为她是天下第一能人呢？

在宿舍里，大家更是把她当成空气，即使她在现场，也有人故意捏腔拿调地讥笑她。杨若琳倒也沉得住气，她对着宽大的穿衣镜左转右扭，理理头发，扯扯衣袂，再拍拍脸颊，旁若无人地打扮自己。

"妖精出洞了！"柳玫在杨若琳推开门准备出去时，故意叫了一句。我们以为杨若琳肯定会回过头来唇枪舌剑一番后再出去，可是这次她没有，她转过头来，先回到床头拿了一本书，然后淡淡地说："跟一群无知的人没什么好说的。"然后飘飘然走了。留下宿舍里，我们一群人惊讶的面孔。

她用无视来反击我们的挑衅？柳玫第一个大叫起来："杨若琳，我们跟你没完。"柳玫的声音杀猪似的，我们都禁不住笑了，没想到这时，已经走出宿舍的杨若琳又倒回来，微笑着说："柳玫，请注意形象！""滚！"我们集体发出一声吼叫，这个杨若琳太气人了，居然以一敌七，把我们的气势都打败了。

宿舍熄灯后的卧谈会，我们谈笑风生，把班上甚至于其他班的帅哥都一一点评了一遍，往往这时，杨若琳总会不屑地蹦出一句："帅哥总是配美女，就你们这样的形象，别人会看得上眼吗？""你不说话没人当你是哑巴，你再吭声小心我们把你赶出去。"柳玫气呼呼地说。"就是，又没人跟你说话，插什么嘴？"我们几个紧跟着附和。"狗咬吕洞宾，算了，不说了，那些男生说的话，我也不告诉你们了。"杨若琳不紧不慢地说。

"那些男生说了我们什么？"柳玫第一个沉不住气。"你真想知道？"杨若琳故意钓柳玫的胃口。"爱说不说，不说拉倒。"柳玫说，却在床上翻来覆去。"那我告诉你，可不许生气哟！"杨若琳说，我猜肯定不会是什么好话，却也屏声聆听。"那些男生说了，你们都挺漂亮的，但不会穿衣服，还太凶了，像母夜叉。"杨若琳说。"你才像母夜叉呢。"柳玫低声应了一句。"你看，不高兴了吧？算了，不说了，我知道你们都嫉妒我。"杨若琳说。

这个杨若琳真是自信，无论什么时候，她都自以为天下第一美貌，第一时尚，总喜欢对人品头论足，被人排斥和孤立在所难免。但我发现，她现在讲话较之以前有所改变了，虽然还总是沾沾自喜，但她少有与人争论了。

我们同桌，又是同宿舍，她的一举一动都在我的眼皮底下。别看她整天爱打扮，爱卖嗲，但她的成绩其实不差，每次考试都能考进班上前十名。在这所省重点高中里，想保持前十名也不是件容易的事，上高中了，大家的目标都很明确，谁也不会甘愿输给别人。

杨若琳后来应该是知道了大家不喜欢她吧，她亲口问过我："刘忻，你们是不是都很不喜欢我？"她问我这话时，校园里的桂花正开得欢，浓郁的香味氤氲在校园上空。

我不知道要如何回答她，沉默了。她自己先笑了起来，然后说："其实我早知道了，可能是个性不同吧，我爱打扮，爱表现，爱出风头，所以不招人待见。但我爱打扮没影响学习，让自己漂亮点，心情也舒畅，还有我对你们一直都是真诚的，没耍过心眼……"那天杨若琳说了很多，第一次向我敞开了心扉。

我紧张地看了她一眼，为自己曾在背后说了很多她的坏话汗颜。不可否认，杨若琳是个率真的人，心里想说什么就说什么，从不拐弯抹角，她爱发嗲，爱打扮是她自己的事，但我们却因为她跟我们的不同而中伤她，排挤她。

"我从来就没有好朋友，以前是，现在也是，可能我的性格真的不好，不受欢迎，我也想改变自己，但有时一激动起来就忘记了，得罪人了也不

知道。很多次，我想融入你们的圈子，努力了，但还是无济于事……"杨若琳说着，轻叹了一声。

她的那声叹息让我心里很不是滋味，我没想到，她也会在乎我们的友谊，会在乎别人对她的态度，原来过去的她只是用"云淡风轻"的表面假象来掩饰自己的失落。其实，她和我们一样，她在乎。每个青春里的女孩都一样吧，希望被人注意，被人重视，她想到了也做了，而我们是想做却不敢，只有嫉妒别人的锋芒。

看着眼前若有所思的杨若琳，我动情地握住了她的手，她已经几次向我示好，向我伸出友情的橄榄枝，我不想再错过。我明白，人都是不同的，为什么不允许别人张扬个性呢？只要她不去伤害别人，一切都是可行的。这个率真的女孩，她也有她可爱和可贵的地方。

谁的青春不孤寂

▶ 文 / 龙岩阿泰

> 友谊是不会有感情的破产和快乐的幻灭的。爱情如果奉献的超过本身的能力，最后就会接受多而奉献少了。这在男女双方都一样，而友谊则只能增长。
>
> ——巴尔扎克

一

安然进教室时，看见白灵伫立在窗前。霞光把她整个人都笼罩在一片耀眼的光环中，像个天使。安然看呆了。

在白灵转过头看他时，安然羞涩地道了声早！白灵没说话，不屑地撇撇嘴，转身走开。

自找没趣，安然窘迫得面红耳赤。成绩好就了不起吗？安然恼怒地拍着桌子，怒吼："拽什么，臭丫头？"

"是！我是没你香。"白灵淡漠地说。

"欠揍呀！"安然用力推桌子。

"粗鲁！"白灵说着，走到教室外。安然跟了过去，拦在她面前说："我得罪过你吗？"白灵仰起头，盯着安然的眼睛说："你总在上课时捣乱，你自己说说，得罪过我吗？别仗着家里有钱，就可以乱来。"

听着白灵的话，安然的脸倏地泛红。"哪有？我哪有仗着家里有钱？"他的声音渐渐低下去，眼睛也不敢再看白灵。

"自己反省一下，哼！"白灵说完，转身走开。

安然悻悻地站着，被定身似的，半天没有动，脸却红到了耳根。

二

陈超踩着铃声跑进教室时，安然还在走廊上。

他们是同桌，见安然还在外面，陈超忙把他叫进来。坐回位子，安然依旧在想：我仗着家里有钱乱来了吗？

安然的父亲是煤窑老板；母亲开着几家生意红火的连锁超市。他每天身穿名牌，用昂贵的手机，骑学校里最炫的山地车，就连书包也是外国名牌。同学都说他每天过着神仙般的好日子，其实安然也有自己的苦恼。

父母整天忙着挣钱，根本没时间过问他的学习，就连煮饭也是请钟点工。偌大的房子，时常连个说话的人都没有，安然觉得很孤独。每天晚自习回来，他就上网玩游戏，累了，就坐在窗台上，借着夜色，眺望眼前这个灯火辉煌的城市……

晚自习结束后，安然把陈超叫到了教学楼前面的操场上，他想从陈超这里了解到更多关于白灵的消息。

"白灵跟她外婆住，父母都在外地，较内向，但她的人真的很好！"陈超说。他和白灵小学时就是同学，住在一条街上。

"她人好？人好还这么拽？我今天可是被这个臭丫头气死了。"安然恼怒地把事情的始末讲了一遍。

陈超听着就"呵呵"笑出了声。

"笑什么笑？你兄弟被人损，你还笑得出来？快想想办法，怎么报仇？"安然拍着陈超的肩膀说。

"报仇？不会吧？"陈超疑惑地问，以他对安然的了解，知道安然不是这么小气的人。

安然皱起眉头想了半天，手一直在头上抓呀抓，突然灵机一动，说："兄弟，老哥交给你一个艰巨的任务，也只能靠你来帮哥出这口恶气了。"

"什么任务？你该不会叫我去打她吧？安然，我们可是男生。"

"想哪去了？我安然是这么没气量的人吗？你只要这次期中考试总分超过她就行了，她不是一直都是第一名吗？你超过她，看她以后还拽什么？"安然说时，脸上有小小的得意。

陈超想笑，但他忍着没笑出来，说："你自己为什么不去超过她？这样不更有成就感？"

"别气我了，如果我行，还用找你帮忙？"安然颓然道，"如果需要什么资料，我负责帮你搞定。"

告别陈超，安然一个人沿着江滨路走。夜幕下安然想着心事，脑海里却满满的都是白灵不屑的表情，"这个臭丫头！"安然自言自语，却又莫名地笑了。

三

自从那次口舌之战后，安然就留意上白灵了。望着她单薄的脊背，安

然常想，这个瘦削的身体里到底蕴藏着多少能量呢？为什么每次考试她都能得第一？多角度的观察，安然还发现白灵是个长相甜美的女生，就因为她脸上淡漠的神情让人难以接近。

白灵从不主动找同学说话，但时常还是会有同学向她请教作业，每次，她都会很耐心地讲解，直到对方听懂。每当此时，安然总想，为什么她对别人都可以友好相待，单单对我横眉竖眼？我长得还不差呀，虽然学习困难了点，但也不至于像对待阶级敌人一样吧？

校园里，白灵遇见安然时，依旧不拿正眼看他。安然自尊心大受打击，他不解地问陈超："我有那么坏吗？白灵为什么老针对我？"陈超搂着安然的肩膀说："兄弟，别介意，白灵只是不习惯和别人交往。我告诉你她的秘密，你一定不能对别人说。"

安然严肃地点头。

陈超边走边说："白灵是个倔强的女生，家境不好，原来一直跟着打工的父母在外地读书。由于父母工作地点的频繁变动，她就频繁地转学……小学四年级那年，她的父母离婚了，谁也不要她……"

安然的心隐隐有些疼，他突然想走进白灵的世界。

四

安然怎么也没想到，交友信给白灵后，她居然会当着全班同学的面对他说："安然，你真想和我交朋友吗？很荣幸。不过，我的目标是一中，如果你能考上一中，我们再做朋友。如果你是通过你父母花钱买上去的话，那你就离我远点。"

白灵的话，让安然无地自容。班上所有同学也都睁大眼睛，屏住呼吸盯着他们看。

"白灵，你就这么看不起我？"安然涨红着脸问。

"我把你看得很高，也很想交你这个朋友，是否真心，你自己看着办吧。"白灵说完，轻快地转身离开。

安然坐在位置上，心乱如麻，很后悔自己给她写信。

我能考上一中么？安然想，但他还是决定拼一把。

安然的变化让老班刮目相看，每次表扬安然时，班上的同学就会偷偷地笑。安然脸红红的，但心里却高兴着。

才几个月的功夫，他的成绩就进步了十几名。寒假时，他整日把自己关在房间，由陈超帮他复习。在忙碌的学习中，他渐渐找到了学习的乐趣。他也一直告诫自己：努力，不能让白灵看扁了！

五

离中考只剩一个月时，安然的成绩已经大幅度提升，但能不能考上一中，还得看考场上的发挥。

白灵保送上一中的消息宣布时，安然的心慌了。

放学回去的路上，他神情恍惚。

"你对自己没信心吗？"陈超问。

"不知道！"安然喟然长叹，眼睛倦倦地望着远方。

"你真的不明白白灵的良苦用心？"陈超问。

"良苦用心？她连正眼都不看我。"安然疑惑重重。

"这是她给你的信。"说着，陈超从书包里掏出一个信封递给安然。

陈超跑开后，安然匆匆撕开信封，他要一个人面对白灵的信。信很

短，但安然牢牢地记在脑海了。

白灵在信中说：

对你的伤害，我是故意的。

你说你青春孤寂，所以在茫然中虚度时光，难道别人的青春都很华美吗？你有爱你的双亲，虽然他们目前只顾挣钱，但这也是为你，而我，却是被父母抛弃的孩子。难道我就得选择自暴自弃吗？我偏不，我要努力证明给他们看，抛弃我是他们的错。

谁的青春不孤寂？孤寂，难道就可以虚度青春年华吗？我们的人生，始终只能依靠自己走过，父母的庇护过不了一生一世。

安然看着信，若有所思地想：是呀，谁的青春不孤寂？难道我们就可以虚度年华吗？不可以，永远不可以。

谁都不是天下无敌，只是各有所长而已

▶ 文／罗光太

有了朋友，生活才显出它全部的价值；一个人活着是为了朋友；保持自己生命的完整，不受时间侵蚀，也是为了朋友。

——罗曼·罗兰

一

去参加市中学生现场作文竞赛时，路上碰到堵车，我心急火燎，恨自己没早起几分钟，这样就能赶上前一班公交车了。

望着阻塞的车流，我果断央求公车司机打开车门，打算找辆"摩的"尽快赶去比赛现场。下了车，正当我东张西望时，一辆黄色电动车在车流中左右寻路，宛如一条游动的鱼，向我驶来。真是天助我也！我急急地跑过去，一把拉住骑车人的手说："师傅，麻烦您载我一程。"

骑车人抬头，一把扯下头盔，原来是一个年纪和我相仿的男生。

"兄弟，麻烦你载我一程，我要去五中参加作文竞赛！"我急切地说。

"我也去五中，上来吧。没想到突然堵车，还好我今天骑车出来，要不，真急死人了。"他说着，让我坐上车后座。

他的骑车水平真不错，一点儿缝隙也能稳稳当当地穿过去，稍宽的路面上他一提速，车子"嗖"一下就驶得老远。

来到五中时，领队老师和先到的同学着急地招呼我。我跳下车，向他道谢，然后跑了过去。

比赛要求按号码进场，我刚坐下，就发现坐在旁边的正是他，于是向他打招呼："真巧！我们坐一块儿！"他眯着眼，笑得一脸灿烂："缘分呀！"

二

那天，走出比赛现场，他问我住哪儿。我回答之后，他激动地说："我们真是有缘，我就住在你家对面的小区。要不，我载你回去？"

我没客气，路上，我们互相介绍了名字和自己所在的学校。原来他就是实验中学的邹子懿——人是第一次见，但"邹子懿"这个名字我很熟悉，校文学社开会时，社长常提到他，他不仅出版过两本书，还多次获市现场作文竞赛的第一名。

"你就是邹子懿呀？你的大名真是如雷贯耳，认识你真好！"我激动地说。我不仅看过他的文章，还买了他的书，他是我的榜样，也是目标。

"笑话我呢，哪有'如雷贯耳'这么夸张？看见真人，失望了吧？我可没有三头六臂。"他有点儿不好意思，不过，他的愉悦我能感受到，都写在脸上呢！

一路上，我们谈笑风生，邹子懿健谈，人也随和。

我在小区门口下车，跟他交换了电话。没想到，当天下午他就打电话邀我到南公园看书。南公园是座小山，绿树成荫。我周末也常去，可能在我们认识之前，我就在那儿遇见过他，只是互不相识。

三

我来到南公园时，邹子懿已经在我们相约见面的亭子里了。再次见面，我们仿佛相识已久的老朋友，彼此之间都没有陌生感。

邹子懿问我喜欢写作多久了，平时喜欢写哪类题材。我全告诉了他，毕竟对他有点儿崇拜，我愿意把自己的事情告诉他。说着，我把书拿出来，要他签名。

"真要签名？把我当偶像来崇拜？那我可会飘飘然的。"他逗乐我。

"是呀，和偶像做朋友是一件很酷的事。"我毫无保留地表达自己的喜悦。

邹子懿一直在笑，但还是在书上签下了他的名字："我的字丑，以前我从不给别人签名，你可是第一个。"

"我很荣幸。"看着他那确实有点儿难看的字，我接着说，"我帮你设计一个签名吧！我练过七年书法。"

"好呀！"邹子懿搂着我的肩膀说，"请你帮我设计一个酷酷的签名！"

我们无话不谈，聊学习，聊同学间的趣事，聊人生目标……最后，我叹气说："毕竟要上初三了，我得先放下写作，争取考入一中。"

四

有天，邹子懿打电话给我，我正为糟糕的数学考试成绩而伤心。

"你怎么了？听你的声音，好像不对劲儿。"他直截了当地问我。

"又是数学惹的祸。"我叹气。烦死人的数学，每次都拖我的后腿，让我进不了年级前五十名，再这样下去，我根本没机会考入一中。

"需要我帮忙吗？我的数学还不错，这样吧……"邹子懿决定周末来我家，帮我补课。

他说到做到。那个周末，他早早来到我家，看了我的试卷后，说："你的基础还可以，但大题解不出来，分数就上不去。"

"是呀，每次考试，面对大题我都束手无策。"

邹子懿连续看了我的好几张试卷，说："从头开始吧，我给你补上去。"

他深入浅出的讲解很适合我，特别是几处我在课堂上听不明白的地方，他讲解得都非常详细。看着他晶亮的眼睛和真诚的表情，我充满了信心。

能够认识他，我很骄傲，我也希望自己能够让他骄傲。于是，我帮他设计了一个酷酷的签名，还录制了一张小提琴演奏 CD 送他。

"哇！你好厉害！"收到我送的礼物后，邹子懿赞不绝口。

他的真诚，我能感知——他欣赏我写的毛笔字，喜欢我拉的琴声，而我喜欢他写的文章，喜欢他总是微笑的样子。他是学霸，作为学霸的朋友，我的成绩可不能太差——我暗下苦功，比之前更努力地学习，每一科都用足心力。

五

有一次我去邹子懿家时，他正在书房练毛笔字，我好奇地问："你也开始喜欢书法了？"

"因为你喜欢，所以我想了解一些。再说，我的字确实有点儿丑。"

他说。

他的话让我心里暖暖的。我把自己练字这么多年的心得体会一一告诉他，回家后我拾起笔，也坚持每天练字——就像他说的，练字的时间挤挤总会有，我曾花了那么多时间练字，放弃了实在有点儿可惜。

人与人相处久了，就会相互影响。以前我在学校有点儿傲气，毕竟除了数学差点儿之外，我哪方面都不错。但认识邹子懿之后，我意识到自己的狭隘。

"三人行，必有我师。"邹子懿告诉我，"每个人都有自己所擅长的东西，实在不应该为自己取得的丁点儿成绩而骄傲。"

"怪不得你那么随和谦虚。"我说。

"我从不谦虚，也不狂妄自负。我只是努力做好自己想做的事，尽力而为，别的就顺其自然了。"

邹子懿的话让我思考了很久——他这样说，确实也是这样做的，面对别人的赞美他照单全收，从不故作谦让；他也不狂妄，不如人的地方他毫不掩藏，大方承认。他的真实让我自惭形秽——面对别人的夸奖，我总是"口是心非"，心里早乐开了花，嘴上却不承认——现在想来，我不禁为自己的虚伪而脸红。

六

现场作文竞赛的成绩出来了。

只得到优秀奖的我，面对再次取得第一名的邹子懿，心里酸酸的。

"祝贺你，又是第一名。"我打电话给他，"我太丢人了，没名次。"

"丢什么人呀？写作是可以坚持一辈子的事，一次比赛成绩不如意有

什么大不了？你是不是对自己失望了？以后还写吗？"他直言不讳地问我。

"写，当然写……"我絮絮叨叨，最后很肯定地说，"邹子懿，我要努力成为像你这样的人。"

"为什么？你挺好的，干吗要成为像我这样的人？"他有些莫名其妙，"我也有缺点，我们的目标应该是，努力成为更好的自己。"

电话中，邹子懿那充满磁性的声音让我心里暖暖的。一次偶遇，我们成了朋友。在与他相处的过程中，我学到了很多东西。他是朋友，更是我的人生导师。

那天，我们通了很久电话，他最后说："小宇，我们都要加油！人外有人，天外有天，谁都不是天下无敌，只是各有所长而已。尊重别人，也要认可自己！"

我们还约定好，要一起考入一中，面对即将到来的中考我充满信心……

第三辑

Chapter Three

醉美文摘

Zuimei Wenzhai

谁还记得年少的岳南飞

▶ 文 / 冠一豸

> 朋友间必须是患难相济，那才能说得上是真正的友谊，你有伤心事，他也哭泣；你睡不着，他也难安息。不管你遇上任何困难，他都心甘情愿和你分担。
>
> —— 莎士比亚

一

台风来的那个晚上，窗外暴雨如注。

我关紧门窗，早早蜷缩在温暖的床上看三毛的《温柔的雨夜》，可这个雨夜一点也不温柔，幽暗的夜空时不时的电闪雷鸣。还在傍晚时，巷子里就已经水流成河。家家户户早早关起了门，只有昏黄的街灯在雨幕中兀自闪烁。

在我正沉溺于三毛深情的故事中时，突然听到楼下隐约传来的敲门声。谁呢？会在这台风夜里来我家？侧耳聆听，我听出了岳南飞的声音，于是赶紧下楼去给他开门。

站在门外屋檐下的岳南飞像只落汤鸡，整个人都湿透了，雨水顺着他的头发流了一脸。

"小飞？怎么过来也不打雨伞？我问他，很奇怪他怎么会在这种天气来找我。

微弱的灯光下，待我看清他脸上的手指印痕时，我明白了，于是愤然地说："你爸又打你了？他怎么能这样？"岳南飞没说话，头一直低着。

听到开门声，老妈从楼上下来，看见是岳南飞时就叹气说："这个老岳，肯定又喝多了，怎么能老拿孩子出气？小磊，你带小飞去换衣服吧，晚上你们就一块睡，回家去，他肯定还要挨打。"这条巷子里的人都知道，岳南飞的父亲是个酒鬼，醉了就打儿子。

老妈折回楼上时，我把一身湿漉漉的岳南飞带回了房间。我把睡衣给他，让他进卫生间换时，他却呆呆地站着一动不动，地上是一摊水渍。

"你怎么了？"看着他忧伤的眼睛，我心疼地握住了他冰冷的手，能感觉到他的身体在颤栗。

虽是暮春了，但天气依旧透着阴冷的寒。

"去把湿衣服换了吧，不然会感冒的。"我说着，进了卫生间把浴霸打开。

等了一会，岳南飞还没出来，我推门进去，看见他正坐在浴缸边默默流泪。强烈的浴霸灯光下，他的脸色苍白如纸，我的心一阵黯然，不知如何安慰他。静默片刻，我抓起干毛巾帮他把头发擦干，然后换了身上的衣服。

我把岳南飞拉进了温暖的被窝，小时候，我们时常挤在一起睡觉。我

特别喜欢听他讲故事了，那时，他已经认识很多字，能把一个平常的小故事讲得生动有趣。巷子里的孩子都喜欢找他玩，而我们一直是最好的朋友。一起长大，一起上学……躺在床上，望着他惨淡的脸色，我难过地握紧他的手，把他揽在怀里，想把自己身上的温暖传递给他。

二

岳南飞是个让人心疼的孩子。

自从五年前，他的妈妈跟一个包工头跑了以后，他的父亲就性情大变，天天借酒消愁，不醉还好，一醉就动手打岳南飞，边打边骂，还让他也一起滚蛋。

巷子里的人都知道，岳南飞的父亲以前是个话不多挺温和的人，和左右邻居的关系都很好。妻子的背叛，彻底击垮了他作为一个男人的尊严。我妈说，任何一个男人面对这样的打击都是致命的，因为这是男人最大的耻辱。岳南飞的父亲不仅变得暴躁易怒，也失去了生活的斗志。酒，成了他最后的支柱。

刚开始邻居们都会去安慰和开导他，久而久之后，也就没有人再理会。生活的压力让大家应接不暇，谁又有那么多闲功夫来理会别人家的闲事呢？只是大家都很可怜年少的岳南飞，他成了他母亲的替罪羊，父亲的出气筒。

岳南飞和我同龄，我们一直是好朋友。他妈妈跟人跑那年，他才10岁。

那年夏天和往年一样，酷热难耐，而台风又时常席卷而来。那天是台风过后的第二天，小巷排水不畅的下水道，暴雨一过就把巷道变成一条河流。我之所以那么清楚地记得那个日子是因为那天我正和岳南飞一起。放学回家时，在巷口为了避让一辆疾驶而过的摩托车，我掉进了路旁的臭水沟。是岳南飞把我拉起来的，从臭水沟爬起来，我浑身散发着恶臭，路人纷纷掩鼻绕道，只有岳南飞帮我拎着书包，安慰哭泣中的我，并且送我回家。

在我的家门口，我妈看见我一身泥水，臭气熏天时，居然没骂我，而是先对他说："小飞，你赶快回家，你家出事了。"岳南飞是跑着离开我家的。看着他离开的背影，我急切地问我妈："小飞家出什么事了？""小孩子家别管。"老妈这才开始数落我，然后拎着我到卫生间洗澡。

洗了澡换了衣服，我去岳南飞家时，远远地就看到许多人围在他家的门口，我还隐隐听到岳南飞的哭声。扒开人群，我挤了进去，眼前的情景让我惊呆了。岳南飞的父亲两眼通红，像一头愤怒的失去理智的狮子，他一边咒骂一边疯狂地摔东西，遍地狼藉。岳南飞哭得泪水涟涟，双腿跪在地上，双手紧紧地抱着他父亲的腿。听了周围人的议论，我才知道岳南飞的妈妈跟人跑了。

10岁的年纪，理解不了"跟人跑了"是什么概念，但我明白，岳南飞从此以后没有妈妈爱他了，心里的忧伤瞬间泛滥起来。岳南飞是我最好的伙伴，看见他哭得伤心，我的泪也禁不住流了一脸。

后来的情形有些模糊了，只记得，活泼快乐的岳南飞再也没有笑过，他也再没有讲过故事给我听。他的父亲常常喝醉，醉了就打他，骂他也是贱人。他的身上时常留有他父亲打他的伤痕，淤青的，带伤口的。我怂恿他去居委会告他父亲，但他沉默了。我轻抚着他身上的伤痕时，心里很难受，我不知道要如何才能帮得上他。邻居们劝过他父亲几次后，也懒得再管了。

　　巷子里的人都说，岳南飞一夜间长大了，但我觉得，他是伤心透了。他脸上的表情淡漠而忧伤，眼神寂寂的，像深潭，闪烁着让人捉摸不定的眸光。而最让我心悸的是，他会长时间地沉默，盯着一个方向或是望着高远的天空愣神。他的背影很孤独，像绝望的一团。

　　这么多年来，我一直不敢询问他具体的情形，怕激怒他，也怕伤害他。我知道，自己唯一能做的就是陪在他身边。但是，即使天天在一起，我还是不明白他心里在想些什么？起起伏伏的情绪变化，我只能从他的眼神中来猜测。

三

　　那个台风肆虐的雨夜，是我和岳南飞共同度过的最后一夜。第二天早上，我起床时，他已经离开。书桌上，有一封他留下的信。

小磊：

　　谢谢你一直陪伴在我身边。五年了，我终于长大，我要离开了。我再也无法忍受我父亲对我的打骂，我怕自己哪天控制不住会还手，会出更大的事，所以我选择离开。

　　他恨了我五年，我也恨了他五年，但我更恨那个抛弃我的女人。我叫她妈妈的女人，她到底为什么要生下我？为什么要狠心抛弃我？让我在我的人生里再也抬不起头来。多少个无眠的夜里，泪湿枕巾，其实我也可怜我父亲，他心里比我更苦。

　　我想去找她，虽然很恨，但她终究是我妈妈，我每天夜里都在想念她……我也不知道要去哪里找？这么多年了，她从来没有打过一个电话回来。跟着火车走吧，能到哪算哪，我真的厌倦了这种生活。现在，我已经不再是小孩，我要出发了。为我祝福吧，你是我最好的朋友，如果没有你的陪伴，我的人生将更加暗淡……我会想你的，无论在异乡的街头还是巷尾，我都会想念这条熟悉的巷子，因为我在这出生，也在这里成长，但现在我要离开了……

岳南飞走了？我抓着他留下的信笺默念着，头脑一片混沌。信笺的下半部分，字迹有些模糊，像是泪水浸染过而洇开了。他哭了？我能够想象得出，岳南飞写下这些文字时脸上的斑斑泪痕。

待我清醒的意识回来时，我飞快地跑了出去。岳南飞家的大门紧锁着，我想到了车站，于是骑了辆单车，飞速地驶向车站。熙熙攘攘的人流里我找不到岳南飞熟悉的脸，车站的广播在喧闹，一直在播报着各路火车发车的时间和途经的地名。那温柔的女声在此刻听来却犹如利刃般撕割我的心。他真的走了？他身上的钱够吗？带了足够的衣服了吗？我的脑海中一直浮现着岳南飞瘦削的脸庞和忧伤的眼神，泪水模糊了我的视线。

我不知道自己是怎么回家的，伤心的泪流了一脸。那一整天，我都患得患失，心被挖空似的。岳南飞真的离开了，他会去哪呢？虽说天下之大，可他一个15岁的男孩子，又能去哪呢？他该如何生存下去？

岳南飞的父亲是在他离家出走后的第二天才发现他不见了，于是在小巷里找，也来我家，问我是否有看见他。我把岳南飞留下的信笺给了他父亲，他看后，泪流满面。这个四十出头的男人，短短几天时间里就白发丛生，整个人憔悴得像个枯槁老人。他天天呼喊着岳南飞的名字，从小巷的这一头到那一头，那声音嘶哑而悲切，一直回旋在我的耳畔。

四

三年的时间，岳南飞再没回过小巷，我也没有他的任何音讯。我不知道他去了哪里？

我时常坐在窗前，望着黄昏时的落日一点点坠入小巷尽头新近建起的一座高楼后面。听说，我们小巷要被开发了，四处的墙壁上都写着鲜红的"拆"字。

我已经念高三了，每天要做数不尽的练习题。在书山题海里翻腾，累得精疲力竭，但一放松下来，我就会想起岳南飞，不知道他过得好不好？他能不能养活自己？在异地他乡，他是否已经找到了他憎恨又无比想念的妈妈？

"小磊，我们以后一起读大学好吗？我要当作家，你是我最好的朋友，我们永远不要分开……"一次夜里做梦，我又梦见了年少时的岳南飞，他稚气的脸上写满坚毅。那时候，他是多么快乐的少年，对未来充满无限的憧憬。

岳南飞的父亲苍老了许多。我常在小巷里看见他，弯着背，步履蹒跚。远远看去他就像个花甲老人，可他才四十多岁呀？我不知道这个已经不再喝酒的男人，他是否后悔过从前天天醉酒把儿子打跑了的事？或许吧，要不他还会天天烂醉如泥。

又一次台风要来临了，电视上已经播报了这个消息。那天傍晚，我信步穿行在小巷，看着台风来临前阴暗的天空和巷尾已经人去楼空的房屋、零乱的物什，竟有种陌生的疏离感。如果岳南飞回来，他还能找到当年的小巷吗？还能找到我吗？岳南飞家的大门锁着，不知他的父亲又去了哪里？我偶尔还会到他家，看看他的父亲。当日离开时，他在信笺上有过交待。只是我一直找不到什么话对他父亲说，我心里其实一直在恨他。我觉得，是他逼走岳南飞的。小巷里的人，已经渐渐少有人提起岳南飞了，就像他从来不曾在这里出现过。可我记得，他是巷子里最聪明的孩子，从小就能认许多字，会给我讲故事……

"轰——"一阵惊天动地的雷声响过后，幽暗的天空划过一道亮光。才一会儿的工夫，雨幕就布满了整个天空。从窗口望出去，茫茫一片。

听老妈说，等我高考结束，我们家也要搬迁了，新房子离小巷很远，在城市的另一边。可能就在这个暑假，小巷就要彻底消失了，取而代之的将会是一幢幢陌生的高楼。以后就没有小巷了，我和岳南飞童年的乐园就此消失。

就像人们渐渐遗忘了童年的岳南飞一样，也会渐渐遗忘最初的小巷。或许，只有我一个人会想念小巷，就像我想念岳南飞一样，永远记得他年少时的憧憬和模样。

我把日记写成了他的传记

▶ 文／阿杜

> 爱情和智慧，二者不可兼得。
>
> ——培根

一

读高中以前，我的身材还算是适中的，虽然说不上"杨柳细腰"，但和后来的膀粗腰圆相比，那简直是判若两人。没办法，中考后的漫长暑假，因为彻底的放松和零食大解放，再加上我喜欢吃夜宵又不爱运动，我在两个月的时间里竟然重了十斤。

望着镜子里自己胖嘟嘟的脸和日渐茁壮的身体，我连梳头都没兴趣了。为了少照镜子，我狠心剪去了陪伴自己多年的心爱长发。看着头发纷纷落地的那刻，我有一种莫名的悲壮感，突然就难过起来，想哭。

"姚美美，你的头发好黑好亮呀！"这是初中时的后桌林翔对我说过的最动听的话。我喜欢林翔，他长得帅气，唱歌很好听，更重要的是，他对我比对其他女生要好。遗憾的是，林翔的成绩很差，这点让我颇不满意。

那时班上的女生都很讨厌林翔，说他是绣花枕头，空有一副好皮囊，其实是个草包。林翔爱作弄女生，他的恶作剧加上他的差成绩，让除我之外的女生都很反感。没有人知道我喜欢林翔，因为我成绩很好，去喜欢一个差生会让人耻笑，所以我把这个秘密一直埋在心底。

毕业后，我们再也没有联系，只是我偶尔会想起他，想起那些渐渐久远的往事。听着《那些花儿》时，我的眼眶湿润了。

高中报名后，紧接着就是军训。只是第一天军训，就有一个人悄悄闯入了我的心里。我怎么也没想到，这个世界上居然还有一个叫夏星辰的男孩，他长得那么像林翔。

夏星辰阳光帅气，但也很傲气。他看我们女生时总是昂首挺胸，把目光抬得高高的，可是在教官点名叫到"姚美美"时，我注意到一直仰着头看人的夏星辰把目光转向了我。在那一逝而过的眼神中，满是惊讶，似乎还有一些其他的内容，只是我没读懂。

我被夏星辰的相貌惊到了，他长得那么像林翔，特别是从我站的角度看他，简直就是我记忆中林翔的模样。班上的女生在休息时聚在一块儿聊天，她们叽叽喳喳说的都是夏星辰，说他是班上最帅的，说他冷酷的表情简直迷死人。我听着，思绪却流云般弥散开来。

二

我知道自己长得不漂亮，特别是体重又上升十斤后，更不会愚蠢到去奢望夏星辰会喜欢我。但我喜欢他这是我的事，就像过去我喜欢林翔一

93

样，我根本没必要让对方知道，我欢喜着自己的心事，独自快乐或忧伤。

夏星辰和林翔又是不一样的，林翔喜欢作弄女生，成绩很差，天天被老师批评，被同学嫌弃；而夏星辰成绩优异，他根本不和女生说话，甚至连看女生的眼神都是淡淡的一扫而过，还一脸傲气，可是大家还是喜欢他。

我在心里暗自比较着他们俩，觉得这个世界真是奇妙，两个长相那么相似的男孩，却是两种完全不同类型的男孩，一个嬉笑打闹、不学无术；一个冷酷到底、目中无人。

当夏星辰被老师安排到我后桌时，我的心跳骤然加速，就像擂响了一阵鼓，脸热辣辣起来，连耳根也烫烫的。我不敢像同桌女生子妍那样，一听见夏星辰安排在后桌就鼓掌欢呼。我很羡慕子妍的率真，这个漂亮的可爱女生，早就在女生中公布，说夏星辰是她最喜欢的男生。虽然只是玩笑，但我相信，她是认真的。

子妍从不掩饰对夏星辰的喜欢，虽然她为夏星辰带的早餐被拒绝了，虽然她送的钢笔夏星辰没有接受，但她还是一如既往地用自己的方式接近夏星辰，表达她的喜欢。她的热情像冬天里的一把火，有时连我都感动了，但夏星辰连眼睛都没眨一下。

夏星辰很傲气，不仅女生他很少说话，就连男生他也只是浅浅地交流几句，保持一种基本的礼貌而已，从没见过他对哪个人热情，更不用说亲密相处了。很奇怪，他长得阳光帅气，却让人感觉不到温暖，渐渐地，班上的同学都对他有些敬而远之了。夏星辰也懂吧，但他毫不介意，依旧我行我素。班上的女生在背后议论他是：长着阳光面孔的冷漠王子。

可是有一天当一个男生偶然在夏星辰的作业本上发现写有"姚美美"三个字时，全班喧闹得都快炸了。我莫名地被卷入，成为让所有女生羡慕嫉妒恨的幸运女孩。她们说，夏星辰居然喜欢姚美美这个大胖子，简直是人间奇闻。也有的说，姚美美太幸福了，被一个那么帅的男生喜欢。

被众人推到风口浪尖上的我，一时不知是不是该欣喜若狂？夏星辰喜欢我？真的意想不到，我也从不敢奢望，但当我听到所有人都这么说时，又禁不住暗自窃喜。难道是心灵感应？他喜欢我，就像我偷偷地喜欢他一样吗？我总是小心翼翼地埋藏着自己的心事，从不敢对别人说，毕竟一个胖妞喜欢帅哥是会被人嘲笑的。

可是现在所有的人都认定夏星辰喜欢我，要不，他怎么会在自己的作业本上写上"姚美美"三个字呢？更何况，根据班上几个自诩为"笔迹鉴定专家"的同学说，那三个字确实是夏星辰自己写的。

三

我成了众矢之的，所有的女生都不服气，凭什么是我这么幸运。同桌子妍更是把我当成"眼中钉"，她对其他女生说："凭什么呢？为什么是那个胖子？如果说近水楼台吧，我也在他前桌，难道是那胖子的背影更有魅力吗……"

我无法解释，也不知要对子妍说什么，夏星辰喜欢我，我也没想到呀，这能是我的错吗？当然，我理解子妍的不服气，她生气是因为她对夏星辰那么好，她所有的努力都没有结果，而我，却是什么都不曾做过，更何况子妍长得漂亮，是大家评选出来的"班花"。让一个班花输给一个胖子，任谁都会不舒服，所以我理解子妍，并不跟她计较。

可我暗自欢喜，连走路都像脚底装了弹簧，忍不住想跳起来，还想高声呼喊，让全世界都知道这事。这样的欢喜简直难以描述，我太开心了。

我忍受了所有子妍对我做出的不礼貌的言行，选择原谅她，毕竟我不战而胜，而她输得一败涂地。

晚上我躺在床上时，了无睡意，那突如其来的幸福让我兴奋不已。我仔细地回想着从我第一次认识夏星辰后，我们之间交往的点点滴滴，突然醒悟到，虽然夏星辰一直对所有女生都很冷淡，但他对我确实会比对其他女生好一些。因为他的高傲，很少有人敢去询问他作业，而坐他前桌的我，偶尔问他时，他还是会耐心地讲解给我听。他对子妍的态度，大家有目共睹，子妍越热情他越冷淡，后来竟发展到他不和子妍说一句话。

子妍恨我，骂我"扮猪吃老虎"，我忍了。她又骂夏星辰审美目光差，简直瞎眼，我也忍了。只是当子妍再骂夏星辰变态居然喜欢上一头猪时，我忍无可忍了，生气地对她叱道："你怎么像个泼妇？"

子妍愣了一下，马上瞪起眼，那冷冷的目光如刀像是要劈了我。我打了个寒战，还没开口，她已经在嚷："你敢骂我泼妇？你算什么东西？死胖子，你了不起吗？你长得比我漂亮吗？你以为他喜欢你，你就能上天了？"我生气地反击："子妍，我又没惹你，你凭什么骂我？他不喜欢你是我的错吗？你这个样子，他会喜欢吗？"

没想到子妍听完我的话后，像是疯了，她姣好的面容变得扭曲狰狞，让我不寒而栗。我支吾起来："子妍，你这样做是错的，你骂我更是没道理，你喜欢他，他不喜欢你，这跟我有什么关系呢？大家说他喜欢我，可是我自己也不知道这是怎么回事呀？你把这笔账算到我头上，对我公平吗？"

毕竟是同桌，我不想和子妍撕破脸，想劝她安静下来，不要大动肝火，可是她真的疯了，被拒绝的心痛和难堪让她歇斯底里地爆发："死胖子，有帅哥喜欢你，你还和我讲公平？什么公平？你那么胖那么丑，你什么都不曾为他做，他却是喜欢你？这公平吗？"

我无言以对，再没回应一句话。只是在夏星辰回到教室时，子妍已经被几个女生劝住了。她们拉着她去了操场，只留下我一个人在别人异样的目光中深深地埋下头。

四

夏星辰似乎并不知道他偶然间在作业本上写下的"姚美美"三个字已经在班上掀起了轩然大波。所有的女生敌视我，所有的男生在看我的笑话，子妍把我当成"仇人"……唯有夏星辰像个局外人，依然独来独往，冷漠而又傲气。

我打定主意，我不能被子妍白骂，既然她把我当成"情敌"，既然夏星辰对我有好感，既然喜欢夏星辰原本是我心底的秘密，我何不顺水推舟，把我和夏星辰的关系往前推进一点点呢？我觉得，我也得为夏星辰做点什么了，至少也要让他知道，我喜欢他。

可是当我深思熟虑后，我又犹豫了，仅凭夏星辰作业本上的"姚美美"三个字，我就能够断定夏星辰喜欢我吗？万一他没有这个意思呢？我这不是自作多情吗？我没有子妍的勇气，也不如她勇敢。我害怕有些话说出口后，一切又都改变了。我实在也想不通，那么帅气的夏星辰，面对那么漂亮的子妍，面对她的主动热情，他竟然会毫无反应，却偏偏喜欢上我？一个胖胖的，并不漂亮的女生？这真的可能吗？

矛盾、彷徨、犹豫，我不知自己要如何做才好，心里有丝丝的窃喜，会止不住地莫名兴奋起来，但也会喟然长叹，觉得自己如果长得漂亮一点该有多好。

　　我开始写日记，在一本带密码锁的日记本上，我把自己懵懂的情感和纷繁的心情都记录下来，写我对夏星辰的感觉，第一次见到他时的惊讶，他和林翔相像的外貌，写下他种种的好，写下他与众不同的孤傲气质，写下他潜入我梦中时那残留的记忆片段……在紧张的学习中，我宁愿忘记做作业，也不会忘记写日记。那一页一页，一夜一夜的日记中，写满了我十六岁最芬芳的心事。我的日记成了他的传记，可能连他自己都不记得的一些细微小事，我在日记中却记得清清楚楚。

　　没有人知道，我从偷偷在心里喜欢夏星辰，到夏星辰作业本上"姚美美"事件的发生，我对他的喜欢与日俱增，已经无法控制地发展到为他写专题日记了，我知道我已经在暗恋他，陷入了无法自拔的地步。我没有子妍那么直白的示好，但我也在用自己的方式表达爱。

　　我忘记想林翔了，脑海中满满的全是夏星辰帅气的脸庞。

五

　　一天中午，子妍一进教室，就和几个女生大声嚷嚷："姚美美那个死胖子，还真以为夏星辰喜欢她？笑死人了。"

　　霸道的子妍并不理会我就在教室里，她得意扬扬地嚷着，故意说给我听。我虽然很生气，但想到她是故意挑起事端想与我开战，于是忍住不跟她吵。

　　"我打听过了，夏星辰确实喜欢一个叫'姚美美'的女生，但此姚美美，非彼姚美美。"子妍笑得花枝乱颤，尖厉的笑声听得我心里发毛，但她的话却让我疑惑不解。

　　和我抱着同样疑惑的女生一下子全围到子妍身旁，怂恿她赶紧把事情告诉大家。她们嬉笑着，打闹着，我却如坐针毡，但耳朵却竖了起来。

"我一个朋友和夏星辰是初中同学，听她说了我才知道，原来夏星辰在初中时就有一个喜欢的女孩，那女孩特别漂亮，不过初三那年，女孩出国了……那女孩也叫姚美美。"

我惊呆了，脑海顿时一片空白。原来夏星辰喜欢的姚美美并不是我，而是他初中的女同学，那么我之前的种种抑制不住的喜悦原来都是自作多情？我的判断，我的预感没有错，只因为被喜悦冲昏了头脑，我才会以为那么帅的夏星辰会喜欢上胖胖的我……泪水模糊眼眶时，我才发觉自己已经泪流满面了。

"子妍，别说了。"一个女生看见我哭时，急忙暗示子妍。子妍扭过头，瞟了我一眼，她原本是想开怀大笑吧，但一看见我脸上的泪水时，她的笑容霎时凝固在脸上，好一会后，她轻轻地问："姚美美，你还好吗？我没乱讲，我是听别人说的，你自己可以去问问夏星辰。"

"我从来都没有说过夏星辰喜欢我，我也不敢奢望，都是你们瞎猜的，是你们——"我喊了起来，觉得自己好像被所有人愚弄了，委屈得泪水涟涟。我是中国好笑话呀，我成了一个彻头彻尾的傻瓜。那么简单浅显的问题，我怎么就想不到呢？夏星辰那么帅，他怎么会喜欢我？就像子妍说的，我又胖又丑，怎么配？

哭了好一阵后，我跑出了教室，我要亲自去问夏星辰，他是不是曾经有个女同学名字也叫姚美美？夏星辰在打篮球，我跑过去时，他刚好要回教室。我鼓起勇气，叫住他。

"夏星辰，你以前有个同学，名字也叫'姚美美'吗？"我直截了当地问。

听到我的问话，夏星辰愣怔了。他脸上的表情很微妙，但我一下就确

认了子妍没有说谎。片刻后，夏星辰才反应过来："你怎么知道？有事吗？"

"听说的，没事了，谢谢你！"说完，我转身跑开了，但眼中的泪却像断了线的珠子。

曾经我在一本书上看到一个问题：从喜欢到暗恋有多远？

现在我知道了——那是当我把日记写成了他的传记之间的距离。

我的老师有魔法

▶ 文 / 龙岩阿泰

> 人非生而知之，孰能无惑？惑而不从师，其为惑也，终不解矣。
>
> ——韩愈

提起我们六班，学校里的老师无不摇头，那是一个彻头彻尾的烂班。

初二那年，班主任换成一个刚毕业的女老师。乍听到这个消息时，我真想让父亲帮我转到其他班去。那些教学经验丰富的老教师都没能降服我们，一个刚毕业的丫头片子还不得哭着冲出教室？

第一天上课，我是抱着看热闹的心态期待她的出现的。铃声一过，她准时迈进教室。看见她，我更失望了，原来是一个戴眼镜的弱小女子。

"大家好！我是许——"她笑容可掬地自我介绍，话还没说完，一个女生就插话："好什么好？上课无聊。"紧接着，整个班就喧哗起来。

她的脸瞬间涨红，窘迫得不知所措。我坐在靠窗的位置，瞥了她一

眼，又把目光转到了窗外。真为她难过，怎么刚当老师就接手我们班呢？

"每个人都上来自我介绍，我想认识你们。"

没有人响应，大家在底下交头接耳。

"有勇气吗？我可是听说你们的胆子都很大哟！"

平日里就爱搞怪的张大勇第一个站起来说："有什么呀？我先来。"他大摇大摆地走到讲台前，双手合一，先弯腰向女老师鞠了一躬。他是想逗乐大家，没想到，女老师也礼貌地朝他鞠躬，并且动情地说："这是我踏上工作岗位后收到的第一份大礼，谢谢！"

哄笑中的我们，却真切地看见了她脸上的感动表情。张大勇没想到女老师会回礼还那么感动，一时窘迫得脸红耳赤，他嗫嚅说："谢谢老师！"就飞快地跑回座位。

接下来，再上台作自我介绍的同学都正经多了，上来时，都先礼貌地向女老师鞠躬，她也一样，一次次深深地弯下腰，一脸真诚地向我们鞠躬。第一次看见一个老师这么庄重地还敬学生的鞠躬，大家心里暖暖的，很受用，一个个坐直了身子。

当我们班最捣蛋的阿楷上去时，我的心莫名地悬了起来，我为她担心，害怕她会受到伤害。阿楷平日里张扬惯了，对谁都大呼小叫，很没礼貌，不知道这次，他又会弄出些什么名堂来为难她？以前的老师，哪个遇见他都头疼。果然，阿楷上去后，歪着头久久地盯着她，突然问："你教了多久的书？"

"我刚毕业，你们是我的第一批学生。"她微笑着说。

"那你有什么能力教我们？"阿楷追问。他是想刁难她，让她下不了台，然后博得我们的欢呼声。在以前大家都很配合他，没想到这次，居然没有一个人响应，大家还愤愤不平地盯着阿楷，觉得他太过分了。

"我的教师生涯才刚刚开始，所以希望大家以后多帮助老师，让我们一起成长。你们愿意帮助我吗？"她扬起那张孩子气的脸，率真地望着我们。

大家没想到，她居然会认真回答阿楷的刁难。听完她的话后，大家鼓起了掌，阿楷在我们的嘘声中灰溜溜地跑了下来。

"那你会管我们吗？"有个男生问。"就是，以前的老师都凶巴巴的，说我们一无是处。"一个女生紧接着附和。她安静地聆听着，任由我们争先恐后地倾诉，最后才说："怎么管呢？你们都比老师还高了，需要管吗？""不需要！"我们异口同声。"三人行，必有我师，你们这么多人，难道没有值得我学习的地方吗？"她诚恳地说。

一阵雷鸣般的掌声随之响起，还有同学在喊："理解万岁！"

"谢谢大家！我相信你们！大家一起努力，共同进步！"她依旧笑容可掬地说。

看着她，听她说话，我心里有种异样的感觉，很舒服。其实她不像老师，倒像邻家姐姐，很亲切友好。一堂课，就在这样轻松愉快的交流中度过。

因为她对我们的友善，我们倒还真不好意思再故意捣乱。我们都知道，学校里考核班级纪律，其实就是考核班主任的管理能力，这是学校评优秀班主任的前提条件。

一次语文小测，一个同学在抄袭时，被她抓个正着。"老师，我只是想多考几分，以后再也不敢了。"同学向她求情，她冷冷地瞪眼，看得大家脚底生寒。良久，她才缓缓地说："我宁愿你们考零分，也不要抄袭。抄袭和偷窃有什么区别？对不起！是我没教好大家。"说着，她站在讲台前，深深地朝我们鞠了一躬，眼角濡湿。

那个抄袭的同学看她这样伤心难过，慌了神，支吾着说："许老师，对不起！是我的错，以后再也不会了。"

以前的小测，我们时常有抄袭，老师也不怎么管，但这次没想到老师会这样。她没有责骂我们，只是自责，这更让我们难受。以后的考试，我们班再也没有同学抄袭，就像她说的，即使是考零分，也不能抄袭。

在她来了三个月后，我们班在学校的评比中，第一次拿到了流动红旗。

"谁说我们班不行呢？我看好你们哟！才短短三个月，你们就让我刮目相看了，好样的！"她在课堂上兴奋地说。我们一边鼓掌一边欢笑。被自己钟爱的老师表扬，大家都特别开心。我们私底下还商量好，好好表现，希望老师出来工作的第一年就能评到"优秀班主任"，这是我们想送给她最好的礼物。

阿楷虽然捣蛋，但这家伙能跑善跳，身体素质很好。她让他组建一个运动队，负责训练大家。学校一年一次的运动会在元旦后进行。

阿楷从来没被老师这么重视过，每天锻炼，他最热心。不仅自己练得很努力，还很耐心地帮助体育差的同学。

我以前挺看不起他的，觉得他四肢发达，头脑简单，每次问我作业，都敷衍他，但他却很认真地教我助跑跳远。体育是我的弱项，没有一项能及格。这次，老师特意把我们俩安排在一组，"小宇，你学习好，帮他补课。阿楷体育好，天天陪小宇运动。争取两个人都能达到及格线，有信心吗？"阿楷大声叫有，我却犹豫不决。

我和阿楷本来关系一般，还吵过架的，但被她一对一捆绑在一起后，每天一起学习，一起锻炼，关系慢慢地融洽起来。曾经骄傲的心，慢慢地平和下来。发现别人的优点，其实也是人生的一件要事，这样可以让我们赢得友谊。这是她教会我们的，会让我们受益一生。

学校运动会时，我们班一反过去低迷的状态，全班每个同学都报名参加了，即使上不了跑道，我们也会在旁边高声呐喊，为自己的同学加油。她也特别兴奋，挥着手大声疾呼，像个大孩子一样。

这个娇小玲珑的女子，就像个魔法师一样，在短短几个月的时间里就读懂了我们，把我们身上最闪亮的点无限放大，让我们骄傲地活着，努力地学习。她让我们知道要如何尊重别人，如何珍惜自己的荣耀，如何发挥自己的强项，如何才能赢得别人的赞赏。

在青春狂妄的年纪，遇见这个有魔法的老师，我们不再迷茫。我们一路走得自信、昂扬！

我的同桌会"读心术"

▶ 文/青山

> 我们要能多得到深挚的友谊，也许还要多多注意自己怎样做人，才不辜负好友们的知人之明。
>
> ——邹韬奋

一

蓝芯是班上最受欢迎的女生，她的人缘好，跟谁都能推心置腹地聊个半天。

我就纳闷了，这个其貌不扬，甚至长得还有点黑的女生，她有什么魅力呢？我仔细观察过，并没见她有什么特别之处，更不曾听到她刻意恭维过谁。如果一定要说她有特别之处，那就是她看人时的眼神——专注。那眼神专注得仿佛看到了对方的心里，一颦一笑，皱眉眨眼都在她的眼中。

我很幸运，班上调整座位时，蓝芯成了我的新同桌。其实在同桌前，我们交往并不密切，但仅有的几次聊天后，我感觉她相当了解我，甚至于，她能读懂我心里在想什么，让我不由对她生出一种"相见恨晚"的迫切感，觉得她懂我。

看过了《哈利·波特》系列小说后，我突然想到一个问题——蓝芯会魔法，她懂读心术？可是读心术是魔幻小说中才有的一项特技，而蓝芯和我一样平凡，怎么可能呢？我不由得笑起来，觉得自己是看书看得"走火入魔"了，在这个时代，除了有魔术，谁还会魔法呢？

二

蓝芯真是个不错的同桌，她总是笑脸盈盈，让人如沐春风。

她很少主动找人聊天，但只要有人与她说话，她就会很投入，那种积极真诚的表情让对方相当有自信，觉得自己得到了尊重。她的眼神中满含鼓励、探询，在她的注视下，会不自觉地敞开心扉，掏出心里话。

第一天和蓝芯坐在一块时，我谨记着自己的任务，不随便跟她开口，不轻易把内心的想法告诉她，学着她的样子，以笑脸相对，想看看这样，她还能读懂我的心思么？

我仔细观察她的一举一动，想找出答案来。这个谜一样的女生，她到底有何特异功能？她真懂读心术吗？好多同学都说过，蓝芯能够读懂他们的心思。我不大相信"读心术"这种说法，可是不相信，又无法解释蓝芯的"善解人意"。

就像我后桌的两个男生，我让他们串通好了去逗蓝芯。蓝芯刚开始也与他们聊得兴致勃勃，但突然蓝芯冒出一句："你们俩，玩什么呢？逗我呀？"这句话一出来，后桌的男生面面相觑，一时就哑口无言了。

"知道你们没恶意，算了吧？不过不要有下次，我不喜欢被人考验。"

蓝芯说完，还把目光转向我。我没敢迎接她的对视，匆匆低头，佯装什么都不知道。

蓝芯意味深长地笑笑，什么都没再说，我却是惊出一身汗。我已经不动声色了，她还能知道是我授意的？

三

喜欢蓝芯，又有点怕她。她能读懂我，看穿我，在她面前，我感觉自己是个毫无隐私的人。这种感觉相当不爽，但又无可奈何，只能继续"装傻充愣"。

班上有个叫娟子的女生，家里发生了重大变故。她请了一星期的假，再回学校时，整个人就变了。原来爱说爱笑的她整天阴郁着脸，再不愿开口说话。蓝芯见状，主动在课间休息时陪在娟子身旁。她什么也不问，就是静静地陪着。

有同学去关心娟子时，总会打探问她家到底发生了什么事。每每这时，娟子的眼中总会闪过一丝稍纵即逝的不快，但很快的，她就调整回来，说没什么事，谢谢关心。如此客套，无意中就疏远了彼此的距离。还有同学在背后说，娟子不识好人心。

蓝芯偶然听到这话，于是私下找到说娟子闲话的同学，告诉对方："如果娟子想说，一定会说的。她不说，一定有她的顾虑和想法。或许，她并不愿意别人打探她家的私事……"

蓝芯难得说上这么多话，但大家都相信她的判断，既然别人不愿言说的事就不要轻易打探，免得让对方更难堪，反而让关心变成了伤害。

娟子知晓这事时，对蓝芯很是感激。她不仅用陪伴陪她走过了最难熬的时光，也劝慰别人不随意打探她的事，这是娟子最需要的。后来娟子告诉我这事时，依旧满怀感激地说："蓝芯真是读懂了我的心思，我希望有人陪伴，但又害怕别人打探。毕竟是家里的事，也不那么光彩，谁愿意让别人知道呢？"

蓝芯的善解人意再一次感动了娟子。

四

我很好奇，蓝芯怎么就知道娟子当时的想法？于是我去问她。

蓝芯笑而不答，我再追问，她说："陪伴是最好的方式，既然她不说，一定有她不想说的理由，何必要问？我陪着她，让她知道自己并不孤单，那就够了。"

蓝芯的话，我听得明白，但不理解。都是很要好的同学，有什么不能说呢？

"每个人都有不愿言说的时候，这时的询问，彼此都难堪。"

蓝芯的话颇有些哲理，我笑说她是哲学家，她谦虚地逗我，如果真的是那就好了。

依旧没有得出我想要的答案，我有点恼。蓝芯却似乎真能读懂别人的心思，班上很多同学发生矛盾时，都是蓝芯去协调，她三言两语就能把看似很复杂的事情处理好，把一触即发的危机悄然解决。

每一次我都在场，她确实是注视着别人，难道她真有"读心术"？

可能见我实在是"按捺不住"了，有一次蓝芯主动问我："你一直在观察我，想知道我为什么能够读懂别人的心思，对吗？"被她一语道破，我的脸瞬间涨红，于是支吾其词。

"其实没什么的，我确实不会'读心术'，只不过通过细心观察别人的眼神、表情、细微的动作，将心比心地想问题，再加上心理学上一些粗浅

的知识，就能猜得出来。如果你有心，你也会的。"

"我也能够学会？"

"又不是什么高深技能，只不过是用心观察而已，怎么就不会了？"

五

在我的央求下，蓝芯决定收我为徒。

"我把这些技巧都教你，你就也能读心了。既然是'读心'，就得细心观察，将心比心想问题，这样就成了。"蓝芯说，她还推荐我上网看了很多关于交际、语言、心理学一类的文章。

我是言听计从，把蓝芯推荐的文章细细看了一遍后才恍然大悟，真的如蓝芯所说，所谓"读心术"其实就是心理学的一个分支，通过细微观察人的表情、眼神变化，将自己想成对方，就能明白对方的心思。

"你是如何想到的？真是神奇！"我由衷感叹。

"没什么神奇的，不过是人际交往而已，学会读懂对方就能赢得别人的友谊。"

"我们也要学。"不知什么时候，在我和蓝芯说话时，后桌的两个男生正凑过头来听，突然异口同声地说。

"学什么呀？"我故意装傻。

"读懂你呀！蓝芯师傅，也收下我们吧！"

蓝芯乐呵呵地说："都叫师傅了，我能不教吗？我希望大家都明白这些，人与人之间的相处就会更融洽了。"

现在我们班的同学关系都非常好，因为我们不仅读懂了对方，而且我们还将心比心地想问题。蓝芯师傅说过，将心比心地想问题，这是读心术的关键。

我们都有自己的光芒

▶ 文 / 吴满群

> 友谊建立在同志中，巩固在真挚上，发展在批评里，断送在奉承中。
>
> —— 列宁

一

我是班长，也是班级辩论队的队长，但又怎么样呢？所有人的目光最后都会聚焦在林琳身上，她才是最闪耀的那颗星。

林琳长得漂亮，家世良好，成绩优秀，而且能言善辩。每次的辩论赛上，看她巧舌如簧，在众人面前出尽风头时，我心里又羡慕又嫉妒。而大家也喜欢张扬的她，说是气质，是漂亮女生才会拥有的强大气场。

在别人眼中，我和林琳是好朋友，但我知道，很多情况下，都只是我一厢情愿的主动。林琳的号召力强，只有她参与的事，大家才会蜂拥而

来，举双手赞成。如果她不加入，事情基本就无法开展，我只有与她交好，才能协助老师处理好班级的各种事务。

作为班长，我常常都感觉力不从心。虽然我的成绩总考第一名，但我知道，如果林琳真的全力以赴，她一定会超越我。我每天都是学习，为了保住第一名的"宝座"，付出了大量的时间和精力。而林琳，她除了学习，还喜欢看各种"闲书"，放学后要去练习跳舞，周末学乐器。听她自己说，她还坚持每天写半小时的毛笔字。

夜不能寐时，我躺在床上，望着幽暗的屋顶，总会忍不住叹气。上天真的不公平，什么都偏心林琳，她轻而易举就能得到我付出很多努力才能得到的荣誉。

二

这次的辩论赛快进入尾声阶段时，林琳突然生病住院了。刚听到这个消息时，我的感觉竟然是兴奋，觉得自己终于可以摆脱林琳的阴影站在台前了。我很羞愧自己有这个感觉，但我欲罢不能——我也想让大家见识到我的风采。

放学后，我只身到医院看望生病的林琳。当我捧着一束白百合出现在林琳面前时，她开心地说："你来啦！我就猜到你会第一个来。"我知道她最喜欢白百合，也猜想她会期待我的到来。毕竟人在生病时最脆弱，需要陪伴，而我在陪伴她的同时还能帮她把落下的功课补上。

林琳在练舞时，把韧带撕裂了，她需要动手术把韧带接上。林琳说起自己的受伤竟然很高兴，她说："我父母终于能放下生意来陪我了。""你爸妈不在吗？"我环视四周，才注意到病房里只有林琳一个人。"护工阿姨刚出去，我父母处理好生意上的事也会过来。"林琳平静地说，但我觉察到她眼底闪过一抹稍纵即逝的暗淡。

我赶紧转移话题，说起辩论赛的事。林琳的情绪果然兴奋起来，她说："还剩两场了，可惜我不能再参加了，你要加油哟！"然后她就把她的经验传授给我。

看着认真教我的林琳，我心里五味杂陈，我对她的友谊并不纯粹，而她对我没有一点儿防备。

三

林琳手术那天正好是周末，我想着她对我的友善，决定到医院陪她。林爸爸不在，手术室外，只有她妈妈和她爸爸的司机。林妈妈认识我，见到我她很高兴。在聊天中，她说起了她们的家事，我这才知道，原来林琳的父母早就离婚了。

我愣了一下，听到这样的消息，不知该说什么好。"林琳这孩子心气高，也好强，我和她爸离婚后，她表面无忧无虑，其实并不快乐。虽然她什么都不愿和我说，但我知道，她恨我们。""不会的，阿姨，林琳很懂事。"我说，安慰很无力，但我只能这样说。

时间一点点过去，林琳的手术要结束了，我的心情突然变得沉重起来。可能是因为林爸爸不在，我担心她从手术室被推出来后，见不到父亲，会很伤心。她是骄傲的女生，不会愿意让我看见她难过的时刻。

我想离开，但又担心林琳，犹豫不决时，手术室的门开了。一个医生出来说，手术很成功。

我跟着林妈妈进去，看见她的第一眼，她却在问："妈，我爸呢？"

"林总有个紧急会议要开……"司机不说话还好，一开口就把林琳惹恼了，她愤然地说："他答应我会守在外面的……"林琳话没说完，我就看见她的眼角猝不及防地流下泪水。林妈妈赶紧过去："妈妈在，我一直守在外面，还有你的好朋友，我们都陪着你。你爸开完会马上就会过来……"林妈妈看见流泪的林琳，急着解释。

我走过去，轻轻握着林琳的手，想把自己身上的脉脉温暖传递给她，想让她知道，我在，我一直都在她身边。

四

辩论赛我们队冲到了最后一轮，因为林琳不在，最后的总结由我陈述。我谨记林琳传授的经验在台上慷慨陈词。在众人的欢呼簇拥中，我第一次在辩论台上成为焦点。这个场面，曾经刺痛我的眼，因为这些荣誉过去都只属于林琳一个人。

我又一次到医院，病房里只有林琳一个人。"你妈妈呢？"我不经意地问。"刚走，一会换我爸来。"林琳说。看她的表情淡淡的，我就知道自己说错话了，心里懊悔不已。

见我尴尬，林琳主动问起辩论赛的事："怎么样？结果如何？没让我失望吧？"我坐在床边，把带来的奖状掏出来递给她。"真不错，又是我们班第一名。"林琳脸上露出可爱的笑容。"都是你的功劳，要不是你传授经验给我，我肯定搞砸了。"我夸赞她。

"你原本就很优秀，我知道你一定行。"林琳说。她的真诚，我能感知。她望着我，突然冒出一句："知道吗？我一直有多羡慕你。"羡慕我？我一时愣怔，不明白她话中的意思。她才是我一直羡慕的女孩，甚至我都嫉妒她。

"你有温暖的家，你总是微笑面对每个人，你努力朝着自己的目标奔跑。不像我，所有的忙碌都只是为了掩饰内心的失落……家很大，却不温暖。"林琳说着，眼角濡湿。

她说："我喜欢你，羡慕你，也希望自己能够像你一样。"我满脸通红，面对她真诚的话语，不知说什么才好——原来看似什么都不在乎的林琳，竟然也会羡慕我。

"你才是我一直羡慕的人，曾经我那么渴望能够取代你……"我不想再隐藏自己曾有过的想法，说出来后，心里轻松了。她真诚面对我，我又如何能不报以真诚？

"其实我们都有自己的光芒，不是吗？"林琳笑着说。我握着她的手，紧紧的，想让她感知我现在心里最真实的想法——我希望她拥有真正的快乐。

"原来，我们都拥有别人梦寐以求的东西却不知道珍惜……还好，我们知道得还不算晚，一切都会变得更好。"我相信冰雪聪明的林琳一定懂我的意思。

我和瘸腿门卫

▶ 文 / 罗光太

> 一旦朋友有难，真正帮助你的人会显得毫无自私自利之心，总是挺身而出，排除万难。
>
> —— 马克·吐温

一

中考发挥失常，我没考上一中，市里最好的高中。

去溪南中学高中部报名时，我心里一百个不情愿。溪南中学是一所很差的学校，特别是高中部，一年没几个人能考上好大学。面对未来，我心里一片茫然，我不知道三年后，会是一个什么样的结果。

溪南中学高中部是寄宿制管理，这是新来的校长整顿校风的举措之一，还有就是班主任负责制。刚进学校时就听说了，条条框框很多，可我觉得，这些完全都是多此一举的事，这烂学校，学生都是一中挑剩的，怎么整顿还不是那么回事？

　　我打心里就不愿意来，也瞧不起溪南中学。从进校门的第一天起，心里就窝着火。我时常会恨自己中考时太紧张，没把平时的水平发挥出来，也恨家里的贫穷，不能让我如愿以偿去一中。在溪南中学，我看不起身边那些成绩很差却整天玩得不亦乐乎的同学，懒得和他们多说话；我讨厌住校，宿舍里没片刻安宁，他们喧哗吵闹，就连晚上睡觉也被他们此起彼伏的鼾声扰得无法入眠；我甚至讨厌男生宿舍传达室里的那个瘸腿老头，路都走不好了，声音却是洪亮，每天大清早，雷打不动的，他就在楼下叫，吹口哨催我们起床做操，即使下雨天，他也不让我们多睡会。早上去上课，我经常最后一个离开宿舍，经过传达室时，一遇见他，总要被他啰唆几句。次数多了，他居然就记住我了。

　　有一次晚自习后，我心情不好，一个人在操场上坐了很久，等回到宿舍时，大铁门已经被他锁住了。总不能从下水管爬回宿舍吧，被抓住可是会被当成小偷的，没办法，我只好去敲他的窗户。其实宿舍里的灯才关一会，他完全可以睁一眼闭一眼放我过去的，但他看见是我后，却是先教导我好几分钟，说什么晚上这么迟回来，怪不得早上起不来……唠叨完了。才打开锁，让我进去。我忍着怒气，敛着脸，一声不哼，心里却是烦死他了。

二

　　考上高中，我完全没有别人那种欣喜的心情，只感觉自己是一只落错枝头的鸟，找不到属于自己的同伴，孤独而落寞。郁郁寡欢的我怎么也无法静下心思学习，觉得自己再怎么努力也考不上好大学了。

宿舍的几个同班同学都很尊重我，对我很好，但我禁锢起自己的心，不想与人交往，久而久之，我就成了真正的孤家寡人，整天形单影只。没有朋友的日子其实挺难熬，看着别人三五成群地聚在一起谈笑风生，我会有阵阵失落。

傍晚的时候，晚自习前，操场上会有很多同学在锻炼。我不爱运动，就经常坐在宿舍窗前远远地看着操场上那些生龙活虎的身影。

一天傍晚，晚霞如火如荼，西边的天空仿佛燃烧起来了。我坐在传达室门前的台阶上，愣愣地望着瞬息万变的火烧云入神了。"年轻人，你怎么坐在这？"不知何时，那个瘸腿老头已经站在我身后，我吓了一跳，没好气地说："谁规定不能坐在这？""没有没有，你爱坐就坐吧，不碍事的。"他急着解释，我才懒得理他，又怕他开始对我唠叨。

"我注意到，你好像总是一个人孤零零的。"他说。

"什么孤零零的？我有那么可怜吗？我就是喜欢一个人。"我愤愤地说。其实我并不想搭理他，但他居然用可怜我的语气说话，于是反驳了几句。我没想到，他会突然顺势坐在我身旁的台阶上，眯缝着一双昏花老眼看着我。"干嘛？我有什么不对劲？"我瞪着眼问他。

三

他却转过头，把目光望向不远处生机勃勃的操场上，说："年轻多好呀，能跑能跳的，多运动，心情也会开朗起来。"他似乎是在说我，我不语。他又接着说："我注意过你，好像你从来就没有笑过。我还听说了，你成绩很好，没考上一中，来溪南中学很失落对吗？"

我诧异地看着他，难道连传达室的老头都看出来我不开心了？我阴郁的脸有那么"引人注意"吗?"你很讨厌我,对吗?"我低下头说,为自己以前对他的不礼貌难为情。

凉风徐徐吹拂,夕阳依旧光芒万丈,给偌大的校园涂上了一层厚重的金黄色。这时候,他的脸上也是温润的,红彤彤的,闪烁着斜阳的光泽。

"你跟我小儿子,几年前的情形很像,当初,成绩优异的他没考上理想中的大学……但他后来知道继续努力,最终考上了他最想去的大学的研究生……"他絮絮叨叨说了很多。

"我就知道你是个有志气的孩子,自尊心强,但这样折磨自己、封闭自己并不是什么良策。三人行,必有我师,身边的同学可能在学习上不如你,但他们一样会有其他方面的优点,也是值得学习的。至少他们乐观面对生活的态度就不错,年轻人嘛,要想得远一些,要过得精彩一些……"他说。

晚自习的铃声响起时,他站起来,拍了拍我的肩膀,友善地说:"年轻人,该去上课了,记得让自己快乐起来就可以了。"

他回到传达室时,我还一个人愣愣地坐着,脑海里思绪翻滚,一直在回想他的话。

我后来的改变让身边的同学大吃一惊。

其实,我并没有什么改变,只是我找回了从前的自己。

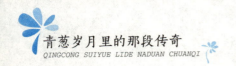

我们怎么突然渐行渐远

▶ 文 / 杜智萍

> 仁爱的话，仁爱的诺言，嘴上说起来是容易的，只有在
> 患难的时候，才能看见朋友的真心。
>
> —— 克雷洛夫

一

米西，我们已经有半年没有说话了，在这段漫长的时间里，你是不是和我一样时常会回想起我们共同经历过的那些事？只是那些快乐的时光，那些温馨的画面，都远远地离开了我们。听着 CD 里王菲的《天空》，在她那空灵的歌声中，我竟莫名地泪湿眼眶。

刚上初中时，我们两个从农民工子弟小学升上来的女生在班上是那么突兀，我们穿着在那群城里孩子眼中老土的衣服，梳着他们嘲笑了很久的麻花辫，还背着破旧的书包。在这所市里最好的中学，我们两个那么幸运地以摇号的方式进入，虽然那么不协调，但我们却开心了很久。

自然而然的我们两个农民工子弟在被大家嫌弃的时候成了同桌，老师对我们也不看好，但这些都影响不了我们当时的心情，我们很快乐，感觉幸运极了。还记得你对我说的第一句话吗？你说，我们太幸运了，能摇上龙初，别人托关系都难进来。我笑着附和你，我确实跟着爸爸到处求人，但没有人愿意帮我们。那些鄙夷的目光，我一辈子都忘不了。我最初还担心连城郊的中学也上不了，只能回老家念书，没想到会有摇号，最后的结局出乎意料，我竟被摇上了，很长时间里我还以为是在做梦。

相同的处境，同样卑微的身份，我们从第一天见面就成了朋友，惺惺相惜。你说，我们都是从农村来的，我们要团结，更要努力读好书，不要让任何人看不起我们。我很赞同你的话，觉得你是个很有见地的女生。

你知道，我一直都很相信你，甚至于在后来还有些依赖你，无论遇见什么事，你都能够想到办法去解决。虽然你只比我大一个月，却像个姐姐一样教会了我很多东西，还时常照顾我。我们亲如姐妹，整天在校园里形影不离。

我曾经以为我们会这样一直走下去，直到毕业，可是现在我们却半途走散了。

二

我们与城里学生真的是有差距，他们会很多乐器，会熟练地操作电脑，还记得前桌女生说的吗？她所有的周末和假期不是学唱歌跳舞，就是在各类乐器培训班度过。就连打球、跑步的锻炼，他们都有专门的老师教。

　　我记得你当时对我说，她们真不幸，连玩的时间都没有。可我心里却是羡慕她们的，连玩都是在学东西。你不屑她们，却又什么都在悄悄效仿。你后来不再绑麻花辫了，和城里女孩一样，每天变化着不一样的发型。你要我也和你一样，说这样才不会被人看不起。你的建议我接受了，我知道你的心思，你希望我不要和别人不一样，这样才不会显得格格不入。

　　只是当我们说起自己喜欢的明星时，因为我和你喜欢的偶像不一样，你有点不高兴了。为了不破坏我们之间的友情，我也跟着去喜欢你喜欢的偶像。我们和所有女生一样，每天都有讲不完的悄悄话。那段时间里，因为有你的陪伴，我不再惧怕被人排斥的孤单。只是当第一次考试后，面对着并不理想的成绩，我们显然都慌了。

　　我们想不明白，班上的那群城里学生，他们也是整天在玩，在闹，成绩却很好。特别是前桌那个没有周末和假期的女生，她居然以五科满分独占鳌头。我们都很仰慕她，她却在我们面前盛气凌人，她不屑地望着我们，得意扬扬地说："你们两个农民工子弟在这样一所高手如云的学校里真是辛苦。"我们的脸同时涨得通红，我难为情地垂下头，我们的分数确实是比她差很远。你却勇敢地对她说："别笑得太早，谁笑到最后还不一定呢。"你说话时一脸倔强和坚定，望着你坚毅的目光，我打心里佩服你。

　　你重新调整了学习计划，我也跟着你一起调整，我们整天在一块，又是同桌，时间是同步的，就像你说的，我们一定要更努力，一定要追上大家的水平。于是每天放学后，别的同学都离开时，我们互相背诵英文单词，文言文篇章，我们信心满满，相信天道酬勤。偶尔我感觉累时，想松懈了，你都会及时给我鼓劲，让我重新充满斗志。那时的你目光炯炯，浑身散发着耀眼的光芒，我是那么欣赏你，以你为荣。

功夫不负有心人，经过长期的努力，我们的成绩稳步上升，渐渐地挤进了班级的前十名。在这个过程中，我们和班上的同学也渐渐地熟悉了解，其实城里的学生也并非个个都不好相处。他们和我们其实是一样的，有快乐，也有忧伤。

三

一年多时间的中学生活过得飞快，更让我们惊喜交集的是身体的变化，我们都从黄毛丫头出落成亭亭玉立的姑娘了。个头长高了、挺拔了，五官也长开来，班上的男生都在背后偷偷议论我们一群女生。

在班上，我们已经不再突兀，同样穿着校服，梳着马尾辫，我们和她们并无区别。或许是长大了吧，我们也都爱美了，会偷偷涂指甲油，会在校服里穿上好看的衬衣，会在简单的马尾辫上夹个漂亮的发卡。放学后，我们会一起去书店蹭书看，一起去精品屋淘喜欢的小饰物，只是队伍扩大了，我们两个人的小团体变成了一大群谈笑风生的女孩儿。

米西，那些放学后一起嬉笑追逐的画面还记得吗？那时的你笑得花一样，美极了。男生说你是班上最漂亮的女生，我也觉得是。个头高挑的你，青春靓丽。你自己也知道你长得漂亮，或许正是因为这样吧，当一个个追求者出现时，你乐此不疲，渐渐地迷失了方向。

我偷偷劝你不要游戏人生，你却说我在嫉妒你。你的话严重地伤害了我的自尊心，你不知道吗？你于我是一个多么重要的人，我怎么会嫉妒你？我只是怕你影响学习，怕你被那些男孩伤害。第一次，我们不欢而散了。虽然还是同桌，但基本上不再说话。

我们都重新有了自己的新朋友。我和班上的女生走近了，而你却游走

在几个男生之间。有一段时间，你变得让我挺陌生的，不但开始逃课，而且还和街头的小混混玩在一起。我不知道你到底是怎么了？可是看你灿笑如花，洋洋得意的样子，我再也不敢开口，害怕你又一次说我是嫉妒你。如花的豆蔻年华，你尽情地绽放你的美丽，再也不愿让别人知道你和我来自农村的事实。

面对成绩的下滑，你也不再担心不再紧张，你那么坦然地面对不及格的卷子真让我失望。是什么改变了你？我一直没想明白，我们之前一直在一起，你是从什么时候开始变得不爱学习的，我想不清楚。

你的穿着越来越时尚，走在校园里，你喜欢拉开校服的拉链，露出内里昂贵的衬衫，你说这是什么牌子，那是什么牌子，让宿舍的一群女生赞叹不已。

有一天，你从外面带回来一个高档的 CD 机，一群人围着你，对你羡慕不已。你微笑着，轻声哼着一首好听的歌。你告诉大家，那是王菲的《天空》，正火着呢。大家围绕着你，以你为首，眼中尽是羡慕，你像一个骄傲的女王般，沉浸在众人的仰望里。

我默默地坐在一旁，看你显摆，看你得意地笑，心里忧伤蔓延。你变了，变得好陌生。

四

依旧是同桌，但我们像是最熟悉的陌生人。关于你的事情，我都是从别人口中得知。他们说你同时和几个男生好，和校外的混混也有扯不清的关系，不知怎么的，我就开始担心，扯不清的关系总会惹出不必要的麻烦。

一个星期后，事情果真像我想的那样，有学生的家长找到学校告状，也有校外的混混夜夜在宿舍楼的围墙外叫嚣，你吓得不敢出宿舍。原来因为你，几个男孩和校外的混混打了群架，有几个人受伤，事情闹到了派出所。

那段日子里，你脸上挂着阴郁，眼中黯淡无神，躺在床上，一遍遍吟唱着王菲的《天空》，你的声音是哽咽的，听得我想哭。我想劝慰你，但又不知如何开口，只能默默地在一旁陪着你。

沉默，我们之间只有沉默了。

米西，知道吗？我一直很难过。这不是我想要的初衷，我曾以为我们可以相伴着直到毕业，但现在，我们陌生得连话也不说。你是倔强的，我也碍着面子，不想先开口，亦不会示弱。这种感觉真的很不好，你呢，是不是也一样？

我早已学会了《天空》这首歌，也喜欢上王菲空灵的嗓音，但我听着你唱时，感觉却更是深刻，你那种欲哭无泪的痛，纠缠在我心里。我知道你很难过，却不知如何再走近你，不知如何才能回到从前——我们最初相识的亲密无间？

只是米西，你是不是和我一样，时常会回想起我们共同经历过的那些事？那些快乐的时光，那些温馨的画面？如果一切重新来过，我们是不是会更加珍惜我们之间纯真的友情？

朋友很多，可是少了你，米西，我依旧觉得这是最深的遗憾。

夏日里的暖暖阳光

▶ 文 / 安一朗

> 友谊之光像磷火，当四周漆黑之际才会显露。
>
> —— 克伦威尔

一

　　游晓是刚转学来的新同学，一个很普通的女生。她在班上不活跃，可能是初来乍到或者是性格跟我一样内向的缘故吧，我不知道，也不关心。在她成为我的同桌之前，我们没有说过话。

　　第一次关注她，是有天晚自习时突然停电，黑咕隆咚的教室里顿时乱成一锅粥，几个调皮的男生故意发出恐怖的声音，吓得胆小的女生尖叫连连。窗外的夜空，没有月亮，没有星星，黑黢黢的，整个校园像是瞬间跌入了无底的黑洞。

　　"亲爱的孩子，今天有没有哭，是否朋友都已经离去……"一阵纯美的歌声倏然响起时，嘈杂声消失了，那歌声以燎原之势瞬间席卷全班，大家都跟着哼唱起来。这是我们都很熟悉的老歌，在这样黑暗的夜里唱响，感觉很不一样。

我其实很爱唱歌，但从来没有勇气当着别人的面唱。在这样黑暗的时刻，没有人看得见，我反而能够很放松地一展歌喉。心里对第一个唱响的人充满了感激，这种快乐就像孩子意外得到了一颗糖，惊喜不已。

十几分钟后，刺眼的灯光亮起来时，我们还在唱歌。

"游晓，没想到你的声音那么好听！"游晓的同桌在歌声停止后很激动地说。"是呀，停电的十几分钟里，听你唱歌是一种享受。"一个男同学随声附和，班上几个歌唱得很好的同学也你一言我一语地夸起来。

我这才把目光转向那个新来的叫游晓的女生，她的脸红得像熟透的苹果，可能是当面被那么多人夸有些不好意思，但看得出来，她很开心。我也很开心，能够在没有人注意的情况下第一次放声歌唱，还唱得那么投入。

二

期中考试后，班上重新调整座位，没想到我的新同桌会是游晓。她把东西搬过来时，开心地冲我笑。我点点头，算是回应。

我很少主动与人交谈，生性如此，想改都不是那么容易。我很小的时候，父母就离婚了，我跟爷爷奶奶长大。他们寡言少语，而且奉行"言多必失""祸从口出"的箴言。此外，可能我内心深处对身边的人还有些戒备和自卑吧。小时候，看见别的小朋友被父母牵着逛公园时，我就很羡慕。爸爸很少与我交流，为了生活，他总是忙忙碌碌的，连在家吃饭的次

数都很少。

下课时，游晓主动问我："连琪，你好像不怎么说话？"我对她笑笑，没解释。所有人都看得出来，我在班上几乎没发出过声音，上课不举手，下课不聊天，整天都不说话，有同学在背后还叫我"闷葫芦"。

"游晓，你以后可有得受了，你的同桌可是'金口难开'。"后桌的男同学逗乐说。

"那你们为什么不想办法让他开口呢？"游晓瞪着那双充满灵气的眼睛问。

"没想那么多，快乐是自己找的，别人给不了。"那男生说完，吹一声响亮的口哨，转身走出教室。

游晓突然叫了一声我的名字。

"怎么了？"我转头问她，她看我的表情很奇怪。

"没什么啦，就是叫叫你的名字。"游晓扮了个鬼脸说。

"神经！"看她搞怪的表情，我笑着说。

我感觉得到，游晓一直希望找我说话。有时，可能她自己都不知道要说什么，就叫一声我的名字，然后一个人傻笑。有时，她会给我讲一个小笑话，然后自己笑得前俯后仰的，捂着肚子叫疼。我不知道她为什么要那么努力地引导我说话，但看见她笑，我也会跟着开心起来。遇见一个像我这样没趣的同桌，确实挺郁闷的。

南方的夏天来得快，几场绵绵不绝的春雨过后，天气一天比一天炎热起来。不知不觉间，校园里的梧桐树已经吐露嫩芽，抽枝长叶。"五一"过后，校园里就郁郁葱葱、满眼皆绿了。

我很喜欢新长的叶子，嫩绿的，在阳光下闪烁着耀眼的光芒。从教室的窗户看出去，眼前充满生机的绿叶让我的心情也跟着开朗起来。

可能还有游晓的原因，同桌一个月以来，她每天总是会主动找我唠上几句，让我这个隐形人再也没办法像过去一样沉默。游晓的真诚我能感知，她的快乐也潜移默化地感染着我，让我在不知不觉中变化了。

三

游晓喜欢唱歌，自从那次晚自习上一鸣惊人后，大家都说她是我们班的"歌星"。她倒也不谦虚。雨天不出操时，大家都喜欢聚在我们的座位周边，跟游晓一起唱歌。

我是"近水楼台先得月"，听她美妙的歌声是一种享受，最喜欢听她唱那首《月牙泉》。那空灵的歌声仿佛一双温柔的手，在一下又一下地拨动我的心弦。

有一次晚自习前，游晓又在唱《月牙泉》时，我居然情不自禁地跟着哼唱起来。这是一首我特别喜欢和熟悉的歌，许多个无眠的夜晚，我就一直听着这首歌，让自己沉溺在那优美又带有些忧伤的旋律中。

我不知道游晓什么时候已经停止唱歌了，只有我一个人还在投入地唱。她拍着手热切地说："连琪，你是真人不露相呀！真没想到，你的歌声如此深情动听！"听游晓这样说，我脸红耳赤，一时窘迫得想挖个地洞躲起来。我是喜欢唱歌，但一直以来，我都为自己"男身女调"而自卑，从来不轻易开口唱歌，就连说话我也不愿多说。小时候，因为声音的缘故，我常被人嘲笑，那些伤害，我一直都记得。

游晓还在兴奋地喋喋不休时，我却在大家的注视下深深地垂下了头，心里非常忐忑，我害怕又一次听到那些刺耳的话。可是这一次，我听到了一阵热烈的掌声。

"连琪真棒！"有同学在后边喊。

我一直低着头，脸涨得通红，一句话也说不出来。

"我们大家合唱光良的《童话》吧，要一起唱哟！"游晓应该是看出了我的尴尬，她善解人意地转移了大家的注意力。

十四五岁的男生，青春张扬，对自己的性别很清楚，谁会希望自己的声音被人说成是女声呢？我很感激游晓的提议，大家再次唱响时，我才暗暗地松了口气。

晚自习的时候，游晓一直偷偷找我说话，我没勇气面对她，就装作不理睬。"你不会不知道李玉刚吧？我很喜欢他的《贵妃醉酒》。再说现在反串那么流行，有什么好难为情的？你唱得真的很好听。"她见我不说话，就递了张纸条过来。

"你不会明白我的心情。"我回了张纸条给她。以前，由于声音的缘故，我被人说是"娘娘腔"，那些不堪回首的经历，她永远不会明白。女生会唱男调是一种荣耀，而男生唱女调就是一种耻辱了。至少在我的认识里就是这样。别人鄙视的眼神、不屑的谩骂，就像一把把尖刀把我的心割得血淋淋的。

"我是不明白，可是你能否告诉我，让我了解？"游晓坚持问我。但我没再回复她。我不想把自己的伤口展示给别人看，特别是一个女生，那会让我无地自容。我不需要同情，我也有自己不容别人践踏的年轻的自尊。

那天晚自习后，我渐渐开始躲避游晓，不知为什么，我在她面前总是心慌意乱没有自信，就像自己的秘密被她无意间撞破了一样。游晓还是老样子，喜欢找我说话，告诉我她的过去和一些属于她的秘密。

用秘密交换秘密，或许这是打开心扉最好的办法。在我知道了很多游晓的故事后，一个阳光灿烂的午后，我第一次对她说起了我的故事。那些并不开心的过往让我压抑了很久，说出来后心里反倒轻松了，就像卸下了每天背在身上的包袱。

暖暖的阳光透过繁茂的枝叶洒落在我和游晓身上。我们并肩坐在树荫下，安静地说话，像熟识了很多年的老朋友。我抬起头看她时，一粒光斑正好落在游晓的脸上，让她整个人看起来呈现出一种圣洁的光芒。

四

省里的电视台要举办一个中学生唱歌比赛，游晓一直怂恿我去报名。我不敢，摇头拒绝。"那我们合唱《月牙泉》吧，肯定行的。"她又建议。我还是拒绝。

我没想到，这家伙居然自作主张替我报了名。我骑虎难下，只能硬着头皮参战。其实内心里我是希望参加比赛的，只是太多的担忧让我有些畏首畏尾。"你就是要勇敢地唱出自己，唱得响亮，总不能因为声音的缘故永远龟缩在角落。再说了，你的声音很有特点，很好听，不唱歌太浪费了。"她给我打气。"我怕自己不行，也受不了别人的嘲笑，那种锥心的痛，你不会明白的。"我担心地说。"有谁嘲笑李玉刚了？他不是唱得千娇百媚吗？但大家都接受他。还有那些反串演员，一个个不都活得好好的。除非你是熊包。"游晓使出激将法，我听得明白，但还是很难想象自己会在那么多人面前唱歌。

游晓报了名后就开始积极准备，她说："享受过程，结果不重要。"刚开始，我总是拖拖拉拉不愿意跟她去排练。她就押着我去，还用哀求的口吻说："连琪，拜托了，成全我吧，我很久没参加过比赛了。"逗得我忍俊不禁。游晓的良苦用心我懂，她只是希望借这次机会让我能够从阴影里真

正走出来，并且认可自己。

很多同学都报名了，看着海选现场黑压压的人群，我心里异常紧张，那颗心如鹿撞，如鼓擂，稍稍鼓起的勇气又消失了。我就在想离开时，游晓一把抓住我的手，盯住我的眼睛激动地说："你是个男子汉吗？难道你不明白真正的男子汉不取决于他声音的粗细，而是勇气吗？如果你今天回去，我们永远绝交，而且在我心里，你以后就是一个没长骨头的'娘娘腔'。"

旁边的人都把头转过来看，我急急低下头。

"求你了，连琪，勇敢唱一次，我很想参加这次歌唱比赛。"见旁人观望，游晓急忙压低声音恳求我。

我摇摆不定，脑子里一直有两个声音在纠缠。我害怕我的"女调"唱出来后被人嘲笑，但也渴望有那么一次机会让自己表现。

"勇敢唱一次，行吗？"游晓的眼眶突然濡湿了。

听着她哽咽的声音，我狠狠心，答应了她。

豁出去了，就让嘲笑声来得更猛烈些吧，我一定会挺住，不让自己再流泪。我知道，如果这一次我放弃了，那么以后我都将没有勇气面对自己。声音天生如此，这是我无法改变的，我能够改变的是使自己的内心更强大，让自己变得更坚强和勇敢。

夏日里暖暖的阳光下，我们双手紧握在一起。就像游晓说的，我要勇敢地唱出自己，唱得响亮，别的真的不重要了。

"97号！"广播里叫到我们的号码牌时，我和游晓相视而笑，坚定地走进了海选面试大厅。

我知道，这将是一个全新的开始。

第四辑

Chapter Four

醉美文摘

Zuimei Wenzhai

相逢在青春小站

▶ 文 / 冠一豸

> 友谊是人生的调味品，也是人生的止痛药。
>
> —— 爱默生

一

杨佳文是初二才转学来的，一个很平凡的小男生，个头不高，学习不好，唯一引人注目的就是他那鸡窝般乱蓬蓬的头发。

如果老师没有把他安排成我的同桌，可能我也不会那么讨厌他，毕竟井水不犯河水。偏偏他成了我的同桌，挤走了我的好朋友玲子。他刚坐下来，我敏感的鼻子就嗅到一股浓郁的汗酸味。我鄙夷地瞟了他一眼，手不由自主地捂在鼻子上。他坐下来时，正展开笑脸看我，却遇到我厌恶的表情和手势，笑容顿时凝固在他尴尬的脸上。我还故意侧过身，把冷漠的脊背甩给他。

放学时，我和玲子一起骑单车回家。路上，我向她大吐苦水："太倒霉了，老师怎么会安排他跟我同桌？为什么硬要拆散我们呢？""你是学习委员，成绩好，人缘好，老师是希望你能帮助他吧？"玲子说。"算了吧，帮他？我可没那闲功夫，他身上的汗臭味都快把我熏死了。"我一边做出很恶心的样子，一边把我故意冷落他和他的尴尬当笑话讲给玲子听。

"宇欣，你这个班干部可不能欺负新同学哟！"玲子说。"你心疼啦？要不你和他同桌吧，我成全你们。"我逗笑她，一直以来，我们都是无话不谈的好朋友。

二

同桌一段时间，我真是受够了杨佳文。他头发乱，穿得不好，身上有汗臭味也就算了，可他上课还不认真，每天都要被老师点名批评几次，害得我也心慌意乱地无法安静听课。

第一次数学单元小测，他是班上唯一不及格的。发试卷那天，老师又批评了他。他愣愣地坐在座位上，脸红耳赤，头一直低着。我瞥了他一眼，不屑地想，简直就是臭咸鱼。

一下课，我就跑去向玲子诉苦，说杨佳文这不好那不好。"宇欣，你是班上成绩最好的，为什么不想办法帮帮他？"玲子一脸真诚地问。"你还真心疼他啊？干脆你和他同桌算了，我可不愿遭这份罪。"我撇着嘴说。"宇欣，你的善良哪儿去了？怎么现在变成这样了？"玲子严肃地说。看着她没有一丝笑容的脸，我执拗地说："好，你善良，你怎么不去帮他？"就这样，我和玲子你一句，我一句地争吵起来，谁也不肯让谁。

我和玲子多年的友谊竟然因为区区一个杨佳文而闹翻了，再看见他，

我更是怒火中烧。这条臭咸鱼，自己不学好，还害得我和玲子为他而闹翻了。那段日子，我孤单难过，心如虫噬。我想不明白，玲子为什么要维护他，他值得我们为他吵架么？

玲子看来是铁了心与我作对，她不仅主动去找杨佳文说话，还当着我的面对他说："杨佳文，上课可要认真听讲哟，如果有不懂的，课后可以来问我，我会帮你的。"我在旁边一脸冷漠地看着他们。可能因为我凛然的表情吧，杨佳文一边听玲子说话，一边偷偷看着我，含糊其辞。"看什么看？臭咸鱼。"我狠狠地瞪了他一眼，转身走开了。

"宇欣，你怎么能骂人呢？"玲子说。

"我骂谁了？你吗？"我盯着她问。

"你，你太让我失望了。"玲子不甘示弱。

"我没你主动大方。"我冷笑着。

见我们吵起来了，杨佳文忙调解说："算了，算了，我成绩不好不碍事的。"他不说话还好，他一开口，更是火上加油。"你给我闭嘴！什么时候轮到你说话了？"我冲他嚷，"你充当什么好人？知不知道，这一切全都是因为你这个祸害！"我这样一嚷，把周围同学都给镇住了，他们纷纷看向我们，不知道发生了什么事。

沉默片刻，玲子的眼中闪过一丝黯淡，她轻轻地说："宇欣，你真的让我失望，我为你感到难过。"说完，她一扭头走了。

风波虽然平息了，但我在同学们心目中的形象却大打折扣。我听到有人私底下评论我："她还班干部呢？嘴真损。""就是，看她平时挺淑女的，原来是个小辣椒。"刹那间，我就成了全班最可恶的女生，心里憋满委屈的我趴在桌子上"呜呜"哭了起来。

第二天，我找到班主任，强烈要求和玲子调换座位。班主任听完我的述说，沉思了一会儿，最后点头同意了。我心里乐滋滋的，心想：玲子，我就成全你，看你有多伟大。

三

玲子和杨佳文同桌后，事无巨细地关心他。杨佳文的成绩还真进步了，穿着也比以前更整洁了。听着老师在课堂上对他们的表扬，我有种说不出的难过。他们渐渐成了班上最受欢迎的人，而我却被大家集体孤立。我独来独往，冷漠的表情背后满是沮丧，其实，我渴望友谊，渴望玲子回到我身边。

后来，玲子单独来找过我一次，她劝我和她一起帮助杨佳文。但我因为拉不下面子，断然拒绝了她的请求。她的离开，让我黯然神伤。一直以来，我都很在乎我和她之间的友谊，毕竟我们曾经是很好的朋友。

一个周末，我独自骑自行车在街上闲逛，转到北市场门口时，一辆疾驶的摩托车突然就撞了上来。等我惊觉时，已经来不及了，连人带车摔在地上。顿时，我感觉全身都在痛，挣扎着爬不起来。骑摩托车的男子很凶地对我吼："你瞎了眼啊！"见我半天没爬起来，他竟然启动引擎，一溜烟地跑了。

"别跑！撞了人还想跑？"路人纷纷冲那个男子喊，但他根本不理会，反而加大油门一路狂奔，不一会儿就不见了踪影。"赶快打110！"有人提议。"别打了，那摩托车没有车牌，报了警也没有用。""原来是无牌车，难怪敢跑呢。"大家围上来七嘴八舌地指责那个逃跑的男子。

"宇欣，怎么是你？"突然传来熟悉的声音。我抬起头一看，心里"咯噔"了一下，居然是杨佳文。该不会落井下石，看我的热闹吧？我想。

"呀！你的手掌和膝盖都流血了，我先扶你去医院处理一下伤口吧。"他一边说一边伸手把我扶了起来。我机械地点了点头，身上的痛，让我不想说话。被他搀扶着走，我觉得别扭，脸红得像抹了胭脂。想起自己对他的态度，我真是无地自容。一路低着头，我不敢看他，他也没说什么，把我送到附近的诊所后，叫来医生帮我处理伤口。用双氧水清洗伤口时，那种刺痛让我禁不住大叫起来。杨佳文紧握着我的手说："勇敢点，一会儿就没事了。"

离开诊所时，我注意到他的额头全是汗珠。送我回家的路上，他主动说起了他的事。他是从农村转学过来的，他的父母在北市场摆摊，每天他都会去帮忙……我悄悄转过头看了他一眼，这个和我一样大的男孩，其实他并非一无是处。他明白父母的辛苦知道帮忙，他还有一颗善良的心，即使我曾那样对他，他也不计较。

四

让我更没想到的是，当天晚上，杨佳文居然和玲子一起来看我。看见玲子，我难为情地低下了头。

"怎么？还不想理我？"玲子笑着说。

"对不起！是我错了。"我低声说，一脸愧色。

"好啦，过去的事就让它过去，我们还是好姐妹，对么？"玲子坐在床边，搂着我说。我低头不语，偎傍在玲子身上，感受着她身上的温暖，心里也是暖暖的。

杨佳文是第一次进我房间，他指着贴在墙上的书法作品说："这字真漂亮，是你写的吗？""算你有眼光，这可是宇欣在初一时获一等奖的作品。"玲子说。"宇欣，你真厉害，成绩好，字也这么漂亮。"杨佳文羡慕地说，他的真诚，我能感知。"没什么啦，涂鸦之作，让你见笑了。"我谦虚地说，心里却乐开了花。

整个晚上，我们一直在聊天。聊青春的友谊，也憧憬美好的未来。夜风凉爽，把我们的笑声传得很远。

最后，玲子与我约定一起帮助杨佳文。她说："宇欣，你成绩那么好，不充分利用资源简直是浪费。"我笑着答应了，我真的不想再一个人独来独往了。

就像玲子说的，人生是一场旅途，既然我们在青春的小站相逢了，我们就要好好珍惜这份情谊。毕竟，天下没有不散的筵席，走过这一程后，我们就会各自向前，唯有温暖的友谊可以长存心间，时时温暖自己。

校园三人行

▶ 文 / 太子光

> 用不存成见的心情和人交往，才可以交到朋友。
>
> ——罗兰

一

我和江宇辰的缘分可深了，不仅同住一幢职工楼，父辈是同事，我们俩更是同一天在同一间产房里出生的，从小一起玩到大，被父母轮流放养。幼儿园里我们哥俩成天形影不离，上小学后，父母也硬是找老师帮我们调到一个班里。

江宇辰常对我说："邱子逸，我们是狼狈为奸十几年的好兄弟，你以后出息了，可得记住你老哥呀！"他总是在我面前自称"老哥"，其实听我爸讲，他比我晚出生几个小时。但是在江宇辰面前，我一直心甘情愿地被他保护，老哥嘛，总得罩住小弟的。幼儿园时，江宇辰就是我的忠实保镖，他打架很厉害，又有力气，常把故意挑衅我的大孩子打哭。

危欢家是我们上小学后搬来的，住在我家对门。她是个很可爱的小丫头，白皮肤，红脸蛋，还有一双水汪汪的眼睛，我和江宇辰都非常喜欢她。因为年纪相仿的缘故，那个暑假，我们仨天天一起玩，一起写功课，结下了深厚的友谊，最让我们开心的是，开学后，危欢居然和我们同班。一下课，我和江宇辰就一左一右保护在危欢身旁，带着她到学校的角角落落四处瞎转。危欢很高兴，我和江宇辰也是乐得合不拢嘴。虽然有同学说我们站在危欢的身边像门神一样，但我们一点都不介意。

我从来没有想过，我们仨这样成天待在一起玩有什么不妥。那时候的天空好蓝，阳光灿烂，我们整天在附近的小河边玩耍，采撷野花为危欢编花环，在草地上打滚，爬树抓蝉，卷着裤脚下河网鱼、捞河贝，就是下雨天，我们也能在田里玩泥巴玩得兴高采烈……那时候，我们都曾以为可以这样快乐地一起生活一辈子。

二

上初中后，我们仨还是和过往一样天天待在一起。那时我们已经不同班，但下课铃一响，我们就会不约而同地聚在一起，跑到操场边的树荫下聊天、逗乐。

可是有一天，班上的余军嘲笑我说："邱子逸，你怎么连泡妞也要带上个伴？心虚吗？要不改天换上我吧。"

"你说什么？"我恼怒地回应，最反感别人挑拨我和江宇辰的关系。

"本来就是呀，二男一女，有什么好事吗？"他不依不饶，脸上尽是讥讽的笑。

"你混蛋!"我冲过去,一拳打在他脸上。

余军个头跟我差不多,但比我壮实。我才出了一拳,脸上却接连挨了他两下,连鼻子也出血了。我疯了似的和他扭打在一起,但最后还是被他打得眼圈乌黑。被同学拉开后,余军居然不屑地说:"胆小鬼,叫你的好兄弟一起来呀,那个危欢我追定了。"

放学时,江宇辰像过去一样和危欢在校门口的树荫下等我。看见我一脸伤痕地出来,他急着跑过来问:"怎么啦?谁打的?"我低下头,没敢吭声。危欢担心地看着我,拉着我的手问:"子逸,你怎么和人打架啦?"

那时候的危欢已经出落得亭亭玉立,是个漂亮的大姑娘了。看她着急地拉住我的手,我倏地脸红了,而心里却莫名地愉悦起来。一个同学跟江宇辰耳语几句后,他愤然地说:"走,找余军去。""宇辰,别去啦,我们先送子逸回家。"危欢知道江宇辰要去找余军算账,打一架在所难免,所以一直拦住他。"都欺负到我们头上啦,太嚣张了。"江宇辰说。他把书包往我手里一塞,突然就跑了出去,原来他看见余军正大摇大摆地走出校门。

江宇辰冲上前,二话不说,一拳打在余军脑袋上。余军突然挨了一拳,愤愤大骂,待他看清打他的人是江宇辰时,冷哼了一声:"果然是好兄弟,泡妞一起,打架也不落单。""闭上你的臭嘴,我们才没你想得那么龌龊。"江宇辰说着话,手却不停。余军哪知道江宇辰的身手,没几下就挂了彩。可是江宇辰的下场却比他更惨,他打余军的过程被一个值班老师看见,容不得我们一句解释,当天下午江宇辰就被记过处分,还要负责赔偿余军的医疗费。

我很内疚,江宇辰因为我又多背上一次处分,真怕他被学校开除。危欢也闷闷不乐了,当她听到同学的风言风语后,心里很难过。她找到我说："子逸，男女同学间难道就不能有纯洁的友谊吗？"我低头不语，为自己那天看见危欢时的慌乱脸红。我感觉我真的很喜欢危欢，和她在一起总是特别兴奋，总会在她面前把自己的优点表现得淋漓尽致。

三

升上初二时，我们的个头似乎都在一夜间蹿高了，我还注意到江宇辰凸起的喉结和嘴唇上细密的胡须，最让我难以接受的是，我发现有几次，江宇辰背着我一个人偷偷去找危欢。其实我也一样，再去邀危欢玩时，我也不希望有江宇辰在身旁，总觉得有他在太不自在了。

因为各怀心事，所以我和江宇辰在一起时，交流少了。如果危欢也在，我们又会演戏似的找出各种话题，东拉西扯地在危欢面前表现自己，逗危欢开心，看她笑靥如花的样子，心里也乐滋滋的。危欢似乎也觉察到我和江宇辰的改变，每次看见我们在她面前抢着出风头时，她微皱着眉，眼中流露出一丝淡淡的哀伤。"干吗呀，你们俩这是。"一次，我和江宇辰因为一个问题产生分歧而大吵起来时，她不悦地说。那是危欢第一次在我们面前悻悻离开，她走远后，我和江宇辰面面相觑，惭愧地低下了头。

朋友间，如果心的距离拉开后，再怎么伪装，相处起来还是"貌合神离"，更何况我和江宇辰，以前俩人好得同穿一条裤子，现在的情形明眼人一看就知道有问题。危欢也渐渐不再和我们一起同进同出了，或许长大后，她已经明白"男女有别"。毕竟都是邻居，我们仨还是时常会碰面，彼此也只是淡淡地打声招呼就擦肩而过了。许多个无眠的夜晚，躺在床上，想着我们目前的情形，我心里就会怅惘起来，我不知道我们这是怎么了？

初二下期，我和江宇辰家先后搬走了，因为住得较远的缘故吧，我一次也没去过他家。在学校里，我们之间的交往也少了。我不知道是不是我们都在刻意地疏远彼此还是别的什么原因，让我们再也无法像过去一样亲密无间了。

江宇辰的成绩越来越糟糕，打架却越发的厉害，听他班上的同学讲，他现在在班上就是个地道的小霸王，谁也不敢得罪他。听别人说他的故事时，我却有种完全陌生的感觉，那是在讲江宇辰吗？那个从小和我一起长大的江宇辰？

放学回家的路上，我见过危欢几次，每次都有个长得很帅的男生陪在她身边。她似乎开朗多了，笑得神采飞扬，远远地看着她，我心里黯然若失。

我记得最后一次我们仨在一起的情形，那天为了讨好她，我和江宇辰一直互相攻击、排挤对方，危欢生气地骂我们"狗咬狗，一嘴毛"，她很反感我们后来的行为。我写给她的纸条，她当场就撕成碎片，随手一扬，那纸片雪花般洒满了一地。我也看见她拒绝了江宇辰送她的礼物，也就是那次后，她彻底不再和我们来往。

随着搬家，我们之间仿佛一夜间就横亘起一条不可逾越的鸿沟。

四

我的写字桌上，一直摆放着一个藤质相框，是十岁那年，在我和江宇辰一起过生日时危欢送的。江宇辰也有一个相同的相框，里面放着相同的照片，那是我们和危欢在一起的第一张合影，三个灿笑如花的少年站在金黄的油菜花田里紧紧偎依在一起。危欢总是站在中间，我和江宇辰一左一右紧挨着她。照片依旧，只是我们在行走的时光里已经渐行渐远了。

在学校里偶尔遇见江宇辰时，我们会久久对视，却找不到语言，连简单的一句"嗨！你好！"都说不出口。江宇辰的样子看起来很嚣张，拽拽地抿着嘴，手不时地在额头上拂拭，摆弄头发的造型。但是当他转身而去时，我却不经意地瞥见了他眼中那抹稍纵即逝的黯淡眸光。他和我一样也在怀念过去的那些快乐时光吗？

当听到危欢被她的"男朋友"甩掉正在班上哭时，我第一时间冲到她班上，抓出那个男生狠狠地打了一拳。我没想到，关键时刻，江宇辰也跑来了，他一上前直接就把那男生撂倒在地。他愤愤地指着那男生骂："你敢欺负危欢？你不知道她有两个保护神吗？你当我们吃素的不成？"

"住手！你们干嘛打人？"危欢哽咽说。

"谁让这小子敢甩你？"江宇辰愤愤地说。

"谁告诉你们他甩我了？"危欢的脸说话时突然红了。

"我甩她？我们又没在谈朋友，只是同学……"那男生从地上爬起来时插了一句，"怪不得找我出气来了。"

"我们搞错了？"我问江宇辰，他也正瞪眼看我，然后禁不住相视而笑。

"你们两个……"危欢欲言又止。

后来才知道危欢是看书看得太投入，为书中主人公的悲惨命运而哭的……明白真相后，我和江宇辰都闹了个大红脸，直怪那传话的人搬弄是非。但还好，因为这次的事件，我和江宇辰又开始经常待在一块。

我们说好了，以后无论发生什么事都不能再像过去一样用冷漠相对，我们是最好的兄弟，而危欢是最好的妹妹，我们之间的友谊一定要天长地久。

谢谢你，曾经拒绝我

▶ 文 / 阿杜

真实爱情的途径并不平坦。

—— 莎士比亚

一

刚考上二中高中部时，我郁闷死了。

中考发挥不佳，我以 1 分的差距没考上市里的高中。心里憋闷，从第一天的军训起，我就萎靡不振。

军训无聊，特别是原地定型时，一站就是半小时。只是在这漫长的半小时里，身体不动，眼睛却是互相打量。教官挺逗，有一次他居然命令男女生近距离面对面定型。

站在我面前的是陆浩宇，他的脸就在我眼前 30 厘米之内，我甚至都能够感受到他鼻息的起伏。晒了几天的太阳，他的脸看起来有点黑，但配上直立的短发，显得特别精神。我还注意到他的五官很好看，特别是那双眼睛，晶亮的、闪着温润的眸光。

我愣愣地盯住他的脸，他的目光也一直停留在我的脸上。

心动，有时候就是一瞬间的事情。陆浩宇那张棱角分明的脸还有清澈的眼眸、直立的短发就那么深深地烙印在我的心坎上。

二

军训结束后，班上的同学都熟悉了，大家常围坐在一起谈笑风生。陆浩宇话很少，他都是坐在边上听别人说，然后跟着笑。我也坐在那里，眼睛里只有陆浩宇。

排位置时，陆浩宇竟然就坐在我的后桌。我的同桌温宜是个很安静的女生，她人很好，就是寡言少语。倒是陆浩宇的同桌肖斌是个爱说爱闹的男生。因为他，我经常在下课时名正言顺地转过头去聊天。我的眼睛总是停留在陆浩宇身上，聊得热闹时，他也会凑过来说几句。

我暗示陆浩宇，再加上我目光中传递的情感，但他居然装聋作哑没有任何回应。我心里一片黯然，但我喜欢他，萌动的心思怎是说放就能放呢？

我偷偷给陆浩宇递纸条，他没回复。我不甘心，我开始给陆浩宇买早餐。可是我为他买的第一份早餐，居然被早上没吃饭的肖斌给解决了。

肖斌还兴奋地说："浩宇，是不是有人暗恋你呀？居然为你准备早餐？不过，今天我代劳了，我正饿着呢。"

我手里捧着书，耳朵却仔细聆听他们的对话，心里恨极了嘴馋的肖斌。

147

"有吃的还堵不住你的嘴呀？"陆浩宇说。

心里有些失落，但我坚持这样做。一连五天，我每天变着花样给陆浩宇带早餐，而他一次也没吃，还把我特意为他准备的早餐送给没吃早饭的同学。

星期五下午放学前，陆浩宇终是忍不住了，在我书里夹了一张纸条：我知道早餐是你买的，我代那些同学谢谢你了！不过，希望这事到此为止。

他不喜欢我？这是我的第一反应，心里仿佛被什么东西蜇了一下，硬生生地疼。

三

静夜里，我辗转反侧，脑海里浮现的全是陆浩宇清亮的眼眸。

当我偶然从肖斌口中得知，陆浩宇喜欢短发女生后，我立刻就去把自己留了三年多的长发毫不留情地"咔嚓"掉；当我知道陆浩宇喜欢瘦一点的女生时，原本并不胖的我，也开始严格控制饮食，特别是杜绝零食的诱惑。

陆浩宇在和别人聊天时，曾说过一句"安静的女生特别可爱"后，我就不再大声说话，我希望我的安静能够让他接受。我总是在可以不穿校服的日子里，穿上他喜欢的颜色的衣服。

有一次很凑巧，那一天我们都穿了天蓝色的 T 恤和牛仔裤去学校。肖斌一看见我们就直嚷："你们这算不算情侣装？"看着陆浩宇涨红的脸，我却是满心欢喜。

一直到高一结束，陆浩宇都对我不愠不火。以旁观者看，他对我的同桌温宜倒还热情一些。我很气恼，却无计可施。

期末考试结束的那天下午，我又一次给他递纸条，约他晚上一起看电影。陆浩宇来了，但他还邀来了温宜和肖斌。他说："马上要分文理科了，以后大家能够在一起的时间也不会多了，今天大家就好好聚聚吧！"

那天晚上，陆浩宇比平时活跃一些，但我不开心，我所期待的二人世界变成四个人，我在里面算什么角色呢？

四

陆浩宇学理科，文科很出众的我也毅然选择了理科。

理科 12 个班，我居然还能和陆浩宇分在一起，这不是缘分是什么？

我一心一意地喜欢陆浩宇，做我认为他可能会喜欢的事，但有一天，我却在放学路上，偶然看见他和一个学妹有说有笑。那女生是新生代表，迎新晚会上，她的孔雀舞一鸣惊人。

看着陆浩宇关切的眼神，温润的笑容，我心如虫噬。第一次，我居然跑到那女生的班上去警告她。那女生叫绣玫，她淡淡地告诉我，陆浩宇是他表哥。听到她的话，我长吁一口气，但她后面紧接的一句话，却让我的心悬了起来。

她说："按我对表哥的了解，你应该不是他喜欢的类型。""你少管啦，不捣乱就成。"我说。"那你加油哟！我表哥喜欢有个性的女生。"临别时，她给了我提议。

当我注意到班上有个女生也对陆浩宇示好后，我明里暗里一次次找那女生的茬。陆浩宇看见我对那女生的刁难，来找我，让我别那么霸道。

陆浩宇的话激怒了我，于是趁在课间休息时，我偷偷跑去停车处，拔

掉了那女生的单车气门芯。陆浩宇再次找我，问我能不能收敛点？他说他对我从来没有感觉。

看着陆浩宇铁青的脸，我努力解释，想再争取一下，他却决绝地说："我拒绝了你那么多次，难道你都不明白吗？我怎么会去喜欢一个不自尊自爱的女生？"

他说我不自尊自爱……所有伪装的勇敢，在那一刻崩溃如泥，我强忍住眼泪，故作欢颜："我喜欢着我的喜欢，跟你有什么关系。"然后转身离开。

走了很远后，我终是在晌午灿烂的阳光下泪流满面。

五

高二的期末考，我的成绩不出意外地让父母叹息。看着他们忧伤的表情，我心里很不是滋味。

两年了，我为陆浩宇做了那么多荒唐事，他却只认为我不自尊自爱，我是这么差劲的女生吗？

漆黑的夜，我独坐窗台。第一次喜欢一个人，我就把自己弄丢了，忘记了曾经的梦想，忘记了爱我的父母，做了那么多不招人喜欢的事情……

一夜长大，或许我就是这样。

那个暑假的蜕变，连我自己都觉得惊讶。我找到在一中的老同学，让她们帮我补缺补漏。那是悬梁刺股争分夺秒的一个暑假，我把自己逼进了没有退路的绝境。

高三的第一次考试，我就从年级六百多名挤进了前一百名。我的变化出乎所有人意料，当然也有人说三道四，但我再不理会。

　　被人嘲笑的滋味，被陆浩宇拒绝的心痛，成了我前进的动力。我废寝忘食把整个高中三年的课本都翻了两遍，我逼着自己每天学习十四小时，逼着自己不与人说话。

　　兵荒马乱的高三，我再也没时间去想陆浩宇。

　　天道酬勤，一年时间的发奋努力还是在高考的考场上给了我完美的回报。二中第一名，全市三十三名的好成绩，给我的高中生涯画下了完美的句号。

　　我没想到，分数出来的那个晚上，陆浩宇会给我打电话，他说了些祝贺的话，然后就沉默了。我知道他在等我说话。可是太突然了，我不知所措，脑子里空空的，不知说什么才好。整个高三一年，我都把他忘记了。

　　沉默良久，我说："陆浩宇，谢谢你曾经拒绝我。是你骂醒了我，是你教会了我自尊自爱。曾经我恨你，但现在，我只想说：谢谢你！"

　　是的，我现在只想谢谢他，是他的拒绝，给了我整个高中生涯最完美的结局。

赢得友谊的唯一方法

▶ 文／萍萍

> 世界上三件东西最宝贵：知识、粮食和友谊。
>
> ——缅甸谚语

一

肖遥是个很孤僻的人，在班上没有朋友。

大家说他就像从火星来的，无论思维方式，还是脸部表情都让人捉摸不定。肖遥脸上那块严重的烧伤疤痕看了让人深觉恐怖。

刚开始，有几个好奇的同学主动跟肖遥打招呼，但肖遥漠然置之，弄得那些同学尴尬不已。他们在背后说："这个丑八怪，可怜他都不懂。"

大家一天天疏远肖遥，肖遥倒也无所谓，他习惯沉溺于自己的世界里。

班上没有人愿意和肖遥一起坐，原先的同桌请求老师换座位，说再继续和他同桌，他不疯也要变傻了。老师点了几个名字，有的直接拒绝，有的沉默摇头。学习委员更是把头摇得像拨浪鼓，他说："求老师开恩，我和现在的同桌难舍难分了。"逗得同学们哄堂大笑。

老班把目光转向班长李然，李然犹豫不决。但考虑一阵后，她还是勇敢地站起来说："老师，我愿意和肖遥同桌。"有人鼓掌，有人趁机尖叫，教室里顿时乱成一锅粥。

所有的喧闹似乎都和肖遥无关，他充耳不闻。李然坐过来时，友善地先与他打招呼，肖遥却连头也没回，只把瘦削的脊背留给李然。

李然尴尬得满脸通红，赶紧埋下头掩饰。她也不想和肖遥同桌，但她又觉得自己是班长，理应起表率作用，而且她还有自己的小心思。

二

李然总是装作很随意的样子主动和肖遥搭讪，但几次后，肖遥还是不理不睬，李然有些气馁，但为了小心思，她豁出去了，她觉得，就算肖遥是一块冰，她也要融化他。

刚开始是刻意的，但后来李然竟也习惯了肖遥的默不作声。李然觉得肖遥很孤单，那种孤单透着忧伤还有不可遏制的落寞紧紧将他包裹起来。肖遥的安静让李然觉得难过，青春大好的年华，他却像棵失水的毫无生机的植物。这样的人生有什么乐趣呢？李然决定帮助肖遥走出孤单的境地。

李然感觉到，肖遥并非像表面的那样不需要朋友，他缺少的只是接受的勇气和信心。有一次李然发现，肖遥在她说话时听得很认真，脸上居然流露出了一丝笑意。她大受鼓舞，濒临崩溃的信心即刻又涨得满满。

和肖遥熟悉后，李然似乎更理解了他的冷漠。肖遥的脸在 5 岁时烧伤

了，留下了难看的疤痕，总被人嘲笑。小时候，被人围观戏弄他只会哭。后来长大了，为了保护自己，为了不那么受伤，他总是刻意地瞪起眼，露出凶狠的目光，让人害怕他。他紧紧包裹起自己，用一副冷若冰霜的严肃面孔武装自己。

有一次，李然和外班的一个同学产生了误会，她很委屈，眼眶一直红红的。回到教室，肖遥看见了，轻声问："你怎么了？李然。"沉浸在难过中的李然，听到肖遥关切的询问，强忍的泪水突然间止不住汹涌而出。肖遥显然是慌了，他手忙脚乱不知如何是好，除了一直递纸巾给李然外，就只有干着急，他不知道要如何劝慰她。

看见肖遥的慌乱，李然流过泪后倒是释然了。她心里有点感动，这个"沉默是金"的孤僻男生终于知道关心他的同桌了。

三

同桌的关系总是微妙，一个眼神，一个微笑都能了然于心。

李然的付出和真诚，肖遥是有感知的。其实他也不是不需要朋友，而是从小受到过太多的伤害，只有包裹起自己的心，以为这样就不会再被伤害了。

李然一如既往地关心他，用灿烂的微笑面对他，就算他一直充耳不闻时，她也没有放弃。除了父母，没有人这样对待过他，李然的好，肖遥知道。他早就想敞开心扉接纳这个朋友，但久不与人交往的肖遥不知道要如何做，只是当他看见李然红着眼眶一脸委屈时，他才真正地自然而然地把他对李然的关切表现出来。

熟悉后，李然常常和肖遥结伴走路回家。在路上，他们不时说着话，一般情况下，都是李然在说，肖遥在听，偶尔才加入几句。李然对肖遥的认识又一点点加深。

　　肖遥其实也是个热情的人，他的爱从他给流浪猫喂食时那怜惜的眼神就可以看出来。肖遥很喜欢和珍爱那些被人遗弃的小猫小狗，他总会在放学后，到学校附近的一个公园角落去给它们喂食。

四

　　又一次去公园给小猫喂食时，李然和肖遥才走到那片人迹罕至的凉亭边，就看见有两个叼着烟的年轻人正抓着两只猫，把猫尾巴用绳子绑在一起。

　　在他们准备点火时，肖遥飞一般跑过去。

　　"干嘛？抢猫呀？"红头发的年轻人大叫。

　　"找死呀？大爷正寻开心呢？你捣什么蛋？"另一个黄头发的凶神恶煞，伸出手要肖遥还猫。

　　"不给！你们想烧死它们吗？"肖遥一脸倔强。

　　"信不信我揍死你！"黄头发威胁说。

　　"你们不能伤害猫！就算它们只是流浪猫。"肖遥义正辞严地反驳。

　　"哦！一对爱心满满的小情侣，是来喂猫的吧……你这眼光也太差了，找个男朋友这么丑，还不如跟我们走。"红头发说着，就要过来抓李然的手。

　　"不要动她！要不我跟你们拼了。"肖遥勇敢地挡在李然面前，毫无惧色地说。

　　李然灵机一动，掏出手机说："走人，再不走，我就拍下你们的头像，让你们'名'扬网络，说你们虐待流浪猫。"

　　在僵持状态时，李然见不远处走来几个人，她突然大叫起来："来人

呀，有人要烧猫！"一声出其不意的吼叫吓得两个年轻人眨眼间就逃之夭夭。

五

躺在暗夜里，李然想起自己最初答应老师跟肖遥同桌怀着的小心思时，脸莫名地涨红。

其实一开始，李然也不愿意和肖遥同桌，但为了能在期末评到"优秀班干部"，她决定豁出去了。只是怎么也没想到，与肖遥同桌后，她竟然收获了一份真诚的友谊。

她开始时对肖遥的热情是出于自己的目的，但后来习惯成自然，只是没想到肖遥把这份原本并不纯洁的友情视若珍宝。

肖遥对人对感情有自己的方式，虽然很奇怪，但他的真诚和珍惜，她深有感触。

肖遥小心翼翼地面对别人突如其来的友谊，害怕那只是一场嘲弄，他伤不起。他不想一次次地被伤害，所以他选择漠视。

李然觉得自己很庆幸，肖遥接受了她的友谊，她还看见了肖遥的勇敢和满满的爱心。连一只流浪猫他都充满爱，他对身边的人又怎么会没有爱心呢？

李然开始处处维护肖遥，她不允许别人再嘲笑他。李然对班上的同学说："肖遥的脸受伤已经是件很痛苦的事，我们还为此嘲笑，排斥他，他又怎么能敞开心扉和大家成为朋友呢？从小到大，他总是在被人嘲笑和排斥的阴影中度过，出于本能，他选择了一种保护自己的方式，那就是漠然置之……"可能是动情吧，李然说着，居然泪光闪动。

李然很开心自己在青春的小站与肖遥相遇相识，她在他身上学会了人生最重要的一课——真心是赢得友谊的唯一方法。

友谊是道光

▶ 文 / 阿杜

> 友谊不能成为一种交易，相反，它需要最彻底的无利害观念。
>
> ——莫罗阿

丑女杨金凤

她是班上最丑的女生：麦秆身材，枯黄头发，瘦瘦的脸，尖尖的下巴，淡得几乎看不见的眉毛下有一双细眯的眼睛，像是永远都睡不醒……唉！甭提了，她的外表还真不配她的名字——杨金凤。

想象中的金凤凰应该美丽绝伦吧，而她却丑到没朋友。班上的男生嘲笑她："长得很有骨气，活着需要勇气。"女生嫌弃她拉低了班级整体的颜值分。虽然她对人友善，成绩还不错，但大家依旧不约而同地把她当成"透明人"。

"在班上吓人就好了，别再让她去吓其他班的同学了。"我的老同桌柳茵每次在学校组织活动时，都会这样说，我一百个赞成。

柳茵漂亮，她身上汇集了所有女生都羡慕的优点，再加上成绩优异，柳茵说的话，从来都比我这个班长具有权威性。她不想让杨金凤参加班级的任何活动，并没有同学提出异议。杨金凤自然不敢有意见，我作为班长，也就顺水推舟了。

我不知道哪得罪老班了，她竟然硬把我和柳茵拆开，调我去和杨金凤同桌。杨金凤的老同桌笑成了一朵花，欢天喜地地把东西搬过来，我却是一脸沮丧，磨蹭着不想动。

我有点可怜她

磨蹭几分钟后，我不得不搬去和杨金凤同桌。她是很丑，可这不是她的错，我没理由怪罪她，就像老班说的，我是班长我得带头。

坐在杨金凤身旁，我觉得浑身不舒服。但我知道我得克制，绝不能让杨金凤看出我对她的嫌弃，我不想她为此难过。

和杨金凤同桌后，我发现她挺开朗。可能是长期被同学排斥吧，她不敢随便开口。我有点可怜她，青春张扬的年纪，谁不希望拥有自己的朋友呢？可她却一直形单影只。

杨金凤主动找我说话时，我愣了一下。虽然只是寒暄，但我感觉得到她想融入班集体的心愿。我调整好自己的状态，以平和的方式接近她，渐渐把她当成朋友。

"杜研，近来过得可好呀？"柳茵一本正经地问我。她越是这样，我越能感觉到她是在戏弄我，于是回应："挺好呀！""看习惯了就好。"柳茵忍俊不禁，这家伙，净拿我开涮。

杨金凤上课很认真，可我注意到，她从来都不举手。"你不是懂吗？怎么不举手呀？"有次在课上，老师问了个挺难的问题，全班只有杨金凤懂。"举手哟！加油！"我鼓励她。杨金凤颤巍巍举起手，突然放下，犹豫片刻又颤巍巍举起来。

"别担心！错了也没关系。"我对她说。我不清楚她是否感受到我的真诚，但我真的希望她能够大胆、自信地与同学交往。

杨金凤的歌声让我陶醉

面对我的主动攀谈，在杨金凤的眼神中，我看到了欣喜和自信。

杨金凤写得一手漂亮的楷书，乍一看见，我顿时对她肃然起敬。都说字如其人，她应该是个开朗的女孩。我没想到，默不作声的杨金凤还有一副好歌喉，真是惊到了我。

一次晚自习，我去教室时，偌大的教室里只有她一个人。她倚靠在窗前，望着黄昏的落日，她在吟唱："爱上一个天使的缺点，用一种魔鬼的语言……"天籁般的歌声瞬时铺满了整个教室。

我站在教室门口，被她的歌声陶醉了，半天没挪步。在一曲终了时，我禁不住鼓掌。

听到掌声，杨金凤吓了一跳。她转过身时，脸已经涨得通红，那惊慌失措的样子实在是可爱。"你好棒哟！唱歌这么好听。"我由衷地说。

"瞎唱的，让你见笑了。"杨金凤说着话，头不由自主地垂了下去。

"你唱得真好听！"我希望她能相信我的话，于是我走过去，接着说，"下次学校的文艺汇演，我向老师推荐你去。"

"那柳茵的舞蹈呢?"杨金凤突然反问了一句。

以往学校的表演,柳茵都是主角,她的舞蹈可是获过奖的。听她这么一说,我一时语塞,但很快,我就想到一个法子了,"你们可以合作呀?载歌载舞,你美妙的歌声配合她曼妙的舞姿,肯定第一名。"我为自己的急中生智得意洋洋。

杨金凤看我说得真诚,害羞地笑了起来。

柳茵对杨金凤的嫌弃

我告诉柳茵这事时,她一脸不相信:"真的?"

我肯定地点头,还把我的想法全盘托出。柳茵还没听完,就急着嚷:"她唱我跳?你疯了,我可不愿丢人,这画面能看吗?她的样子你又不是不懂,真是看久习惯了?"

"丑又不是她的错,上帝没给她美貌,但给了她一副好歌喉。你不会不自信吧?"我激了柳茵几句,这家伙我懂。

但没想到计划失败,柳茵不屑地说:"我不自信?那就当我不自信吧,我可真不敢陪她上台表演,以后我怎么混呀?"

"柳茵,你得给杨金凤一次机会呀?你从来都是热心肠。"我努力说服她。

"没你热,你还是自己去吧,我不想尝试。"柳茵丢下几句话,毅然决然地走了。

不欢而散,我很恼怒。柳茵哪能以貌取人呢?我突然也想到自己曾经对杨金凤的偏见,脸,莫名地热辣起来。

柳茵把我对她说的话四处扩散,没多久,全班同学都知道杨金凤的歌声犹如天籁。后桌的女生故意嘲笑我："班长，听说，你被金凤凰的歌声给勾走魂啦？""无聊！"我愤然道。这个柳茵怎么这样呀，完全破坏了最初留给我的完美印象。

我在和柳茵的冷战期间，却故意和杨金凤走得很近。我敞开心扉与她聊了很多，渐渐地她不再拘束。"挺热乎的，越看越像一对。"一天下课，我和杨金凤聊天时，柳茵走过来插了一句。

"这样的话出自一张漂亮的小嘴，真不合时宜。"我不甘示弱地反驳她。

柳茵冷哼一声，扭头走了，而杨金凤窘迫地低下头。

友谊是道光，照亮彼此

一天，我突然看到一个奇怪的画面——柳茵居然拉着杨金凤的手一起走。我以为自己眼花了，使劲揉了揉眼睛，我真的没看错。

杨金凤回座位时，我悄声问她："柳茵怎么对你突然变好了？"

杨金凤笑了起来："这是秘密。"

"我不能知道吗？"我好奇地问她，这事太怪了，才多久呢？柳茵的转变如此之大。

"你去问柳茵呀！"杨金凤说，她的脸上洋溢着笑容。

放学后，我拦住了柳茵的自行车。她看见是我，得意地仰起头，等着我先说话。

"那个——柳茵同学，我有件事想问你。"我闪烁其词，闹别扭后，说话也不顺溜。

"哪个呀？杜研，你不要那么小气，你是男生，还是班长，你得主动

与我示和，哪能让我主动呀？没风度。"

柳茵能言善辩，我一时语塞。算了，漂亮女生都这样，我不计较，说："你怎么突然和杨金凤亲昵起来了？好奇怪。"

"奇怪什么呢？就允许你和她好，不允许我呀？"

柳茵小嘴如刀，得了便宜还卖乖，我说："不奇怪，能分享一下吗？"

见我态度诚恳，柳茵把事情说了出来。原来是前几天柳茵在上学路上遇见麻烦，在她窘迫无助时，路过的杨金凤看见了，别看杨金凤平时默不作声，面对欺负柳茵的人，她可是能说会道，一身是胆……

"你没看到当时的场面，我都吓傻了，还好有杨金凤在，她帮我解了围，保护我……知道吗？那一刻，我感觉她大气凛然。"

"她值得我们把她当成朋友。"

"你说得对，杜研，以前是我错了，不该以貌取人，以后我们都真诚对待她吧，毕竟她是我们班的一份子，不能再让她寒心了。"

柳茵的真诚，我能感知。我们都不是圣贤，都有缺点和偏见，还好友谊是道光，能够照亮彼此，让我们成为更好的自己。

有没有一首歌能抚慰你青春的孤寂

▶ 文 / 何罗佳仪

许诺固然可以获得友谊，但培养和保持友谊的还是行动。

——费尔瑟姆

一

"忘忧草，忘了就好，梦里知多少，某天涯海角，某个小岛，某年某月某日某一次拥抱……"简安南伫立在窗前，深情吟唱，他根本没有注意到已经站在身后的我。

"什么歌？唱得真好听。"我由衷地赞叹。晚自习前，我早早来到教室，没想到简安南比我早来了，更没想到，我听见了不爱说话的简安南在唱歌。

我说的是真话，简安南却脸红了，他匆匆低下头，没搭理我。

我知道他还在生我的气。前两天收校服费，我算来算去总少了一个

人，于是在下课铃刚响起时就大声喊："我们班还有谁的校服费没交呀，赶快交，太不自觉了。"

刚升上初中，大家都不熟悉，连名字也对不上号。老班因我入学成绩最高就钦点我当班长，让我帮忙收校服钱。

"怎么就不自觉啦？"简安南在旁边低低地说。

"到底是谁没交钱呀？也不吭一声。"我又大声叫。

"我在你旁边，听不到吗？干嘛那么大声嚷嚷，我又不是不交钱，只是暂时没钱。"简安南红着脸说，声音依旧很轻。

直到他扯了一下我的衣袖，我才回过头，一下子就明白过来，原来没交钱的人在旁边，他是我的同桌简安南。

"你家很穷吗？怎么连校服钱也交不起。不穿校服，班级要被扣分的。"我说。

"我说了，只是暂时没钱。"他声音很低，却很固执，一脸愠色。

看他如此态度，我也来脾气了，我说："我只是帮助老师代收校服钱，别的我不管，你自己去找老师解释吧，没钱还这么拽。"

简安南沉默了，他愤愤地瞪着我，却没再开口。

没想到这家伙这么小气，就那么随便争两句，他居然记仇了。我是个心直口快的人，有什么事当时争争就过去了。"你还在生我的气吗？"我问他。

简安南依旧不语，我走过去，拍着他的肩膀说："好啦，南哥，那天算我错了，行吗？我也不是故意针对你，大家都还不熟悉嘛，对不对？"

好说歹说，简安南淡漠的脸上总算露出一丝笑容。这家伙唱歌真的好听，嗓音清亮，歌声中透着一丝莫名的忧伤，很容易勾起回忆。简安南告诉我，他唱的歌曲是《忘忧草》，一首很老的歌，但他一直很喜欢。我也喜欢，至少那个旋律，在瞬间打动了我的心。

二

一首《忘忧草》拉近了我和简安南的距离。

平时在教室里，简安南是安静的，他很少说话，也不大愿意与其他人交流，但是对于我的主动聊天，他还是有问有答。

"你别像挤牙膏似的，问一句答一句。"我这个话痨遇上这样惜话如金的简安南真是要崩溃。不过，他的态度倒是不错，我是见识过他一脸愠色的样子，能够让他展开笑颜，并不容易。我很好奇，小小年纪的简安南到底经历过什么事，他的眉眼中总藏有一抹稍纵即逝的忧伤。有时上课，他会听着听着就思绪游移，被老师点名回答问题时都反应不过来。

不过，简安南的成绩不错，跟我有得一拼。特别是他的数学，只要考试，他都能得满分。我很纳闷，我的数学也很好，但基本上考不到满分，能够与他并驾齐驱，全靠我的英语。有个强劲的对手坐在一起，我雄心勃勃，很有兴致与他一争高下。简安南倒是无所谓，他对分数不敏感，即使满分的数学卷子，也只是瞟一眼就塞进书包，不像我，总会一遍遍浏览那大大小小的红钩钩，满心欢喜，又会对着那一两个小叉后悔，觉得当时细心点，就可以满分。

熟悉后，我才知道，简安南不仅唱歌好听，他还会吹笛子、弹吉他、打架子鼓。听一个外班的同学讲，他和简安南是小学校友，那时简安南是他们学校文艺汇演舞台上的多面手，竹笛独奏得过小学组民乐第一名，吉他弹唱更是博得满堂喝彩。

他应该是个活跃的人才对呀，怎么会如此消沉呢？还总不说话。我想

简安南肯定经历过什么事，才会让他改变这样大。后来我还想到，简安南学乐器什么的都要花不少钱，可是校服的钱，他怎么会交不起呢？又不是什么大数目呀。

简安南愈加让我好奇，同桌的缘故，我们的关系变得密切起来，其实是我主动的，我想了解他，也很有兴趣交他这个朋友。我一直觉得和好朋友作公平的竞争是件很有趣的事。在学习上，我们因为强项不同，还会互相交流和帮助，希望得到双赢的局面。

课间休息，我会主动提议让简安南唱首歌解解乏。他根本不理我，我缠久了，他会不耐烦地说："想听自己唱，我也听人说，你唱歌不错，凭什么就是我唱？"我的底细被他了解得这样清楚，心里莫名高兴，至少他也在关注我。我还学过五年的小提琴，不过，我真不喜欢拉，都是父母逼的，说什么提琴可以提高气质。气质就算啦，但拉过琴自己再练唱歌倒是帮助很大，什么节拍呀，旋律呀我都能够把握得不错。

跟朋友玩在一起，我从不提我学过小提琴的事，水平上不了台面，我只喜欢唱歌，更喜欢唱歌好听的人。就比如简安南，他的歌声令我陶醉。

三

我热情地邀请简安南去我家玩，好朋友嘛，总要有来有往。我想了解他，首先得让他了解我。我的性格外向，对于自己投缘的朋友，总是特别主动。

简安南听了我的邀请，愣了一下，然后说："下次吧，下次一定去你家。""干嘛这么见外？不当我是好朋友吗？"我用我们的友情给他压力。我料得没错，听我这样说，简安南终于答应周末到我家。

我经常在父母面前提到简安南，他们早就熟知他，知道他是个学习成绩很优秀、唱歌很好听，而且多才多艺却不大爱说话的男生。简安南到时，我的父母准备了丰盛的午餐还有很多水果。

父亲经商，母亲是公务员，我们家的日子过得还不错。房子很宽敞，我拥有自己独立的卧室和书房。父母对简安南的热情款待让我很有面子，我们谈笑风生，时不时像平日里一样开些无伤大雅的玩笑。

只是简安南的表情让我心里慌慌的，当他看见我和父母像朋友一样说笑时，他笑得很不自然，而且眼中还闪过了一抹暗淡。我感觉有些不对劲，却又想不清原因。

午后，父母出门办事，我和简安南独享偌大的空间。我把音响开到最大，两个人一起呐喊《盛夏光年》。我们共同喜欢着很多歌星、偶像组合，对他们唱过的歌如数家珍，就连一些有些年代的老歌，我们也都不约而同地视为经典。平日里安静的简安南，只要听到音乐响就立马变成了另一个人。

唱累了，我给简安南泡了杯咖啡。我妈最喜欢这苦兮兮的饮料，从小受她影响，我也爱喝各种原味的咖啡，还能说出个道道。我侃侃而谈，简安南却是一句话也没有。当时我正说得起劲，根本没注意到他的情绪一次次在变化。

"我们继续唱歌吧！"简安南在我说到和父母间的趣事时，突然打断了我的话。

我愣了一下，但很快就笑着跑去开音响。我家的音响器材都是进口的，音效很好，比KTV里的贵宾包厢唱得还过瘾。简安南果然识货，他想继续唱歌，我很理解。像他这么喜欢音乐的人，听见好音效是会心动的。

他唱了首《再见》，很感伤的一首歌，很配简安南忧伤的气质。只是在他唱完歌后，他淡淡地说了声，我要回家了，然后在我的挽留声中，依旧坚定地离开。

四

回学校后，我以为我和简安南的友情会更进一步，但我却很不舒服地感觉到简安南在躲避我。平时不爱出教室的他，一下课就匆匆离开，也不知道他去了哪里，我到处找他都找不见人影，只到铃响才跑回来。

一次两次后，我就问他，到底去哪了？也不邀上我。简安南脸上没什么表情，只说随便走了走。见场面冷，我转移了话题，说什么时候去他家玩。简安南没什么反应，并不接我的话茬儿。

"怎么了？不欢迎我呀？我都邀请你去我家了。"我说。

"谢谢！以后别再邀我去你家了。"他垂下眼睑，不看我。

"你什么意思呀？"听见他的话，我整个人都愣了，他怎么会这样说话。哪有这样无礼的人？我气呼呼地决定不再理他。一直以来，都是我单方面的热情洋溢，他对我们的友情却那么不在乎，我真是心灰意冷。他有什么可拽的？无论学习还是唱歌，我都不输他。

脾气来了，自尊心的问题就显得尤为重要。朋友间应该是平等的，他算什么呀，处处得我主动，少了他一个，我照样过得有滋有味。我和班上的其他同学追逐打闹，嘻嘻哈哈地逗乐，完全把他孤立起来。

沉默的简安南更沉默了，他可以几天不讲一句话，愣愣地盯着窗外。他用他的沉默对抗我的喧闹，我更来气了。我想不明白，我们原本好好的，他怎么去了我家一趟就变得怪怪的。我心里并没有放下这段友谊，我也不想放弃他这个朋友，但我们之间是怎么了？

我知道简安南一直有写日记的习惯，他每天都装在书包里。一天在上体育课时，我偷偷溜回了教室，拿走了他的日记本。我知道这种行为不妥，但为了挽回我们的友谊，我豁出去了。还好，我这个决定是对的。

我偷看了简安南的日记，才了解事情的原委。原来是去我家时，我家的快乐和幸福刺激了他。简安南的爸爸原来是名货车司机，在两年前撞死了一个闯红灯的醉汉，原本有理的他，却因为害怕而逃逸，变成了得负主要责任的一方，在那节骨眼上，他的妈妈不想被他爸爸拖累，狠心地提出了离婚……家庭的变故就像一场飓风，瞬间把一个原本幸福的家拆得支离破碎。他的父亲被抓了，还要赔偿一大笔钱。他的妈妈把房子卖了，把钱全带走了，他和爷爷奶奶艰难度日……

我的泪扑簌簌滑落，我怎么都没想到，原来简安南经历过这样荒唐又伤透心的事，他爱他的父母，也恨他们，一个原本幸福的家再也没有了。大笔的赔偿金掏空了爷爷奶奶一生的积蓄，他们不得不在安度晚年的年纪再次出来艰辛地谋生活。

我终是理解了简安南的沉默和寡言，理解了他在我家面对我炫耀般的幸福和快乐时那抹暗淡的眼神，理解了他想和我划清界限的做法，理解了他最后所唱的《再见》，更理解了他不想让我去他家的心情……一切的一切，他只是想保护自己脆弱的自尊。

那么多孤单的夜里，我不知道，有没有一首歌可以抚慰他青春的孤寂？我想，他最需要的一定是《朋友》，就像歌里唱的：朋友一生一起走，那些日子不再有，一句话，一辈子……

在飘雨的青春，与你擦肩而过

▶ 文 / 罗光太

> 真正的爱情能够鼓舞人，唤醒他内心沉睡的力量和潜藏的才能。
>
> ——薄迦丘

一

杨子歌是隔壁班的女生，我们每天乘坐同一路公交车上下学，虽然不熟悉，但彼此都认识。她是校舞蹈队的成员，在不允许留长发的校规下，因表演需要，她有特权留长发，这不知羡煞了多少爱美的女生，也虏获了不少男生萌动的心。

大多数女生都喜欢留长发，但学校领导认为，留长发麻烦，每天要花不少时间打理。每学期开学，老师都会三番五次地在班会上强调这件事，我看见很多女生一脸心痛地剪去长发，也有女生为了享受保留长发的特权，争取考入校舞蹈队——然而，竞争激烈，最后顺利进入的女生总是少数，她们是校园一道美丽的风景线。

杨子歌无疑是这道美丽风景线中最耀眼的，每次看见她，我的脸都禁不住莫名发烫。我想主动开口说一句话，又觉得唐突，只敢匆匆冲她点个头。

二

我的学习成绩不错，但不擅长与人交流。

十六岁，学业繁忙，心事却像春天里疯长的蒿草——我常常没缘由地陷入怅惘，回忆起第一次在公车上遇见杨子歌的情形。

那是一个初秋的清晨，我刚到公交车站，一辆我要搭乘的公交车正要启动，我边跑边挥手喊，趁车门关上之前，我一个箭步跳上车，不料身子未站稳，一个趔趄，整个人往前栽……我迅速抓住前面乘客的肩膀。

"干嘛？你扯到我头发了！"她扭头不满地瞪我。我突然眼前一亮——好漂亮的女生，连发怒的样子都那么可爱。我的脸倏地涨红，在她耳边小声说："对不起！我不是故意的……"

她没再追究，转过头去。随着车子晃动，她的长发也在我眼前晃动，晃得我心里慌慌的，犹如有只小鹿在乱撞，那是我以前从未有过的感觉。

三

早操时间再次看见杨子歌时，我才知道她是隔壁班的女生。

人群中的杨子歌亭亭玉立，虽然穿着宽大的校服，但那头在风中飘舞

的长发还是吸引了不少目光。我想起一个洗发水广告，傻笑起来。

"那个就是校花杨子歌吧？真漂亮！"

"哪个？是不是那个长头发的？"

"就是她，她是直升保送生，长得漂亮，成绩又好。"

……

身边的同学都在小声嘀咕。我是从其他学校考进来的，对这所重点中学相当陌生，听到周围同学议论，才知道了一些关于杨子歌的故事——杨子歌是"学霸"，琴、棋、书、画样样出众，还是校舞蹈队队长。听着同学夸张的赞叹声，我暗暗叹了口气——这样才貌双全的女生一定骄傲得像高贵的天鹅吧，眼里哪会容得下像我这样的无名小子呢？我又想起不小心扯到杨子歌的头发时她恼怒的表情，她一定是讨厌死我了。

这么想着，我的心里怅然若失。

四

从不在意形象的我，开始在每天出门前照照镜子，理顺一下凌乱的头发；从不向父母提物质要求的我，也开始要求买一些品牌鞋子；我还开始为脸上的"青春痘"烦恼，开始使用洗面奶，希望皮肤更加光洁……以前，我看不起爱臭美的男生，觉得男孩子学业好就行，但遇见杨子歌后，原先的想法都在无形中发生了改变。

我试着主动和班上的同学交流，积极参加学校组织的各种活动，这样遇见杨子歌的机会就更多了——我想把自己最优秀的一面展现在她面前，希望有一天能够引起她的关注。

父母说我长大了，有自己的想法了；老师说我写的作文越来越有感情……不过，没有人真正了解我的心事，我也不想被别人发觉，我越发体会到原先读过的诗词里的哀愁，心思也比过去更加细腻。

五

一天清晨，细雨飘飞。

我没有带伞就出门了。从家里出来，要穿过一条狭长而逼仄的小巷子才能拐到街边上的站台。我放慢步子，在雨中哀怨又彷徨，在这样一个悠长的雨季里自怜自伤。

"同学，你怎么没打伞？要不要遮雨？"才走出巷口，我就遇到了杨子歌，她撑着一把淡蓝色的雨伞问我。

她居然先开口对我说话！我一阵窃喜。

"我喜欢细细密密的雨丝落在我头上，然后再顺着我的发梢麻麻痒痒地滑落到脸上，最后钻进脖子里的感觉。"我故作潇洒地回答。

"好有诗意的人！看来，我的建议是多余了……"杨子歌的话一说完，我就后悔了，后悔不该为表现诗意而错过与她共撑一把伞的机会。

"你也可以试着不打伞在雨中行走呀！"我随口一说，没想到杨子歌当真了。

"也对，少有在雨中行走的经历，看看是否像你说得那么有诗意！"她把伞收起来，和我并肩走向站台。在站台候车的人很多，大家像看怪物一般看着我们俩——明明下雨，明明手中有伞，却故意不打伞走在雨中。

这是一种新奇的感觉，我浑身畅快淋漓。而杨子歌呢，她的长发沾上雨水后黏成一团，她想用手理顺，却纠缠在一起，衣服也湿了。上车之后，她接连打了好几个喷嚏。

"一点儿都不诗意，真后悔陪你淋雨。"她看着我，有些沮丧。

六

那天早上淋雨后，杨子歌生病了。

一直到第三天，她才来学校，整个人看起来有些虚弱。我又内疚又自责，想过去跟她说句话，问候一声，但没有勇气。

后来有一天，我们在走廊上碰到。我走到她面前，未开口，脸已经红了："杨子歌，对不起，上次淋雨让你生病了。""不是你的错，是我体质不好，而且都过去了……"杨子歌淡淡地说，末了又补充一句："其实，撑伞挺好的。"

我当时没明白这句话的意思，后来我在书中读到这么一句话：撑起一把雨伞即意味着撑起一小块属于自己的天空。那一次，杨子歌正巧看到我没带伞，想邀请我共用一把伞，我却弄巧成拙，错过了一个如此浪漫的机会。

此后，我们经常在走廊上碰见，但再也没有更多交流，两个人隔得远远的，各自与身边的同学闲聊。我忍不住回过头看她，只看到她瘦削的后背和飘逸的长发。

七

高二时，杨子歌随工作调动的父母去了其他城市。

她转学之后，我还是常常会在课间踱步到隔壁班窗外，看看她曾坐过的座位。恍惚中，我看到她依然坐在教室里，甚至鼓足勇气想走过去找她说话，瞬间又清醒过来。从来没人知道我对杨子歌有过这么一段情感心路，我也不想告诉别人，这是我心里最深的秘密，是我青春岁月中真实发生过的美丽和哀愁。

后来，在每个飘雨的日子，我都会带伞。我觉得下雨天撑着伞，看五颜六色的雨伞在眼前移动是一件美好的事情，我也不再淋雨，不再需要那样幼稚的诗意。当我撑着伞在雨中晃来晃去时，我偶尔会想起杨子歌，想起她微笑的脸、晶亮的眸子和那头飘逸的长发……于是，我的脸红红热热，我的心也跟着甜蜜又忧伤起来。

在四季的朝暮里想念你

▶ 文／冠一豸

> 爱情的意义在于帮助对方提高，同时也提高自己。
>
> ——车尔尼雪夫斯基

一

洪宇晨从小就喜欢白慧美，这是院子里所有孩子都知道的秘密。我们仨住在一个职工家属院，因为同年出生，三家父母的关系还不错。我们从小一块长大，一起上幼儿园，一起玩过家家。所有快乐或无聊的事，我们仨都一同经历。

洪宇晨对我很好，他总把我当成妹妹看待。但我知道，他对白慧美更好，因为白慧美漂亮，长得像洋娃娃，他从不掩饰他对她的喜欢。在外人眼中，我们三个孩子一块玩，总是快快乐乐的，但我自己很清楚，我就是他俩的跟班。

玩过家家时，漂亮的白慧美从来都是新娘的扮演者，而我永远只能扮演伴娘，站在白慧美身边，看她假假地却又一本正经的和洪宇晨玩"拜堂"的游戏。那时候小，性格又比较内敛，我从来不敢表达出自己的心声。其实我也很想扮演新娘，佩戴新娘的头饰披白色的纱巾和洪宇晨"成亲"，被他背在背上。

我和白慧美的关系从来都不对等，我是丫环，她是小姐。她众星捧月，说话娇滴，穿的裙子也漂亮，婷婷袅袅，像一朵娇艳的花。说白慧美像朵花是洪宇晨在读一年级时课堂上的造句，可能他自己都忘了这事，但我却一直记得。因为这句话，我难过了很长时间。

洪宇晨是一群孩子的"头领"，他喜欢谁，大家就跟着喜欢，唯他是从。院子里就我和白慧美两个女孩，所以洪宇晨找到我，说我是他的小妹，要我贴身保护好白慧美。年纪虽小，但我也知道所谓"贴身保护"就是充当"丫环"的角色。我不愿意，可又不敢逆拂洪宇晨的话，怕他不让我跟他们一块儿玩。

我从来都没有惹过洪宇晨生气，因为不敢，倒是白慧美时不时会和洪宇晨闹别扭，不过他们两个争争吵吵，好好和和，是对欢喜冤家。我一直都很羡慕白慧美，无论她做错什么事，只要她撒撒娇，洪宇晨都会原谅她。

二

小学、初中我们仨都同班，平时也一块儿玩，班上的同学说我们是"铁三角"，但我自己知道，我是缓和他们之间关系的"润滑剂"。他们俩每次闹翻，都会来找我诉说，我只能先安抚好白慧美，再劝说洪宇晨，帮

他们"重建"友情。

其实很多时候，我是希望他们俩干脆就闹掰算了，或许洪宇晨就会重视起我来，但这样的念头往往只是一闪而过，我还是该如何做就如何做，毕竟我们相处了这么多年。

白慧美习惯向我发号施令，我也习惯按她说的做。她越长越漂亮，我似乎也比小时候更好看一些。这也是洪宇晨说，他说我幸好天天和美少女一起，时间久了，也跟着长得好看。洪宇晨其实是想夸我长大后变漂亮了，但听到他的话时，我却是一点都不开心。

洪宇晨的眼里从来都只有白慧美，他会拉上我为了讨她欢心走很远的路去买她最爱喝的奶茶，他也会载着我一路颠簸，然后爬山去采撷她最喜欢的杜鹃花。我问他为什么不让白慧美陪着，他说你是我小妹呀，当然得你陪我。就因为他的这句话，我再辛苦也觉得值。

小时候，洪宇晨在白慧美面前是赤裸裸的讨好，根本不会在乎别人笑话他，后来长大些，就有点害羞了。依旧是喜欢，却不再直白说出口，甚至有时，在她面前他还有点扭捏，但他看她的眼神，却是一如既往的含情脉脉。只是有些时候，我也搞不明白，他们往往又会为一些鸡毛蒜皮的小事争个不可开交。

白慧美说话总是带着命令的口吻，而且从不拐弯抹角，有时太直接了，就让洪宇晨下不了台，被班上的男生笑话。洪宇晨恼羞成怒时，也会忘记他的温柔，与白慧美唇枪舌战起来，气得她好几天不搭理他。这个时候，我这个"和事佬"的作用就显现出来了。

我也很奇怪，自己为什么一直愿意充当这样一个"角色"，明明我也喜欢洪宇晨，却一次次充当"润滑剂"的作用，把他推向她，而不敢让他知道自己对他的喜欢。

三

高中时，我和白慧美依旧同校，但不再同班，而一直不喜欢读书的洪宇晨却选择到职校读兵役班，"铁三角"正式瓦解。

我的世界里突然少了洪宇晨，似乎缺少了什么，再也不那么完整，而不再整日跟着白慧美又让我松了口气，解脱一般。少了她这道绝色景观挡在面前，我才能独自成为男生眼中美丽的风景。16岁了，我不想再当白慧美的"配角"，我要成为自己人生中的独一无二。

漂亮的白慧美，人如其名，皮肤白皙、聪慧而美丽。她在高中校园里如鱼得水，所有的男生都在奔走相告——高一来了个大美女。个头已经长到一米七二的白慧美，走路如风中杨柳，她飘逸的长发，缎子一般。无论什么衣服，穿在她身上都能穿出美美的效果。就连性别不分让我们痛恨不已的校服，她一样能够穿成"风景线"。

大家都说白慧美拥有"天使的脸蛋，魔鬼的身材"，开学才一个星期，她就以磅礴的气势荣登"第一校花"的位置，那是多少女生梦寐以求的渴望。很多关于白慧美的消息，我都是从别人口中得知，而我与她，在没有任何迹象的情况下渐渐疏远。她很忙，学习、唱歌、跳舞、交际，而我也要忙着学习。其实我知道，以前我们只是因为洪宇晨习惯了在一起，我和她之间一直横亘着什么，彼此并不亲密。

洪宇晨早早就打电话给我，要我帮她"照看"白慧美，有什么情况及时通知他。真正分开后，洪宇晨才开始痛心疾首，恨自己以前荒废了大把好时光，如果他也能考上我们学校，他就不会天天被思念折磨。当然他也

知道，就算他天天跟在白慧美身旁，她一样有无数的追求者，何况他不在身边，白慧美还能坚守住"阵地"么？

白慧美从来都不属于洪宇晨，但他却固执地认为，她就是他的。他为她和别人打架，为她做了很多很多事，甚至拉上我，为讨她的欢喜煞费苦心。白慧美不完全接受，也不彻底拒绝，她和洪宇晨一直保持着一定的距离，亲近却不亲密。我在他们两个人的世界里，看得清清楚楚，却无法言说。

四

林炀是我班上的班长，大帅哥一枚。一米八七的大高个，加上俊朗的长相，走在人群中总是"鹤立鸡群"。

有一天，当看见白慧美和林炀亲密地走在一起时，我怔住了。那是一幅很美的画面，帅哥美女，天然绝配。他们不知说了什么，白慧美巧笑倩兮，美目留连。远远望着满脸绽放灿然笑容的白慧美，我看到了她和洪宇晨在一起时从来没有过的欢颜。我犹豫该不该打电话给洪宇晨，告诉他我所看见的画面。

我怕洪宇晨受不了这个打击，怕他失去理智做出不该做的事。白慧美怎么会和林炀走到一块呢？我不清楚。不过，他俩都是校园"叱咤风云"的人物，要认识也不是什么难事。

林炀的性格温和，做人做事稳稳妥妥，一副有担当的样子。他是学校众女生心目中的"校草"，多少人在背后默默地关注他。关于他和白慧美的事情，有众多的版本在流传。有说林炀先喜欢白慧美的，也有说白慧美主动靠近林炀的。其实无论哪个版本，都说明洪宇晨被淘汰出局了。我心里隐隐有些雀跃，但一想到洪宇晨可能会做的事，又担心起来。洪宇晨是个很疯狂的人，他为了保护白慧美，打架都可以拼命。

伫立在窗前，望着校园里郁郁葱葱的树木，我在想，如果我是白慧美，我会选择谁呢？林炀帅气、优秀、温和，是很多女生心目中的白马王子，而洪宇晨相对来说就逊色多了。脾气不好，学习不好，虽然长相也挺帅，但个头却矮了十公分。可是，我似乎还是更喜欢洪宇晨，觉得他率真。至少，他一直都出现在我的世界里，真心实意地对我好，虽然是哥哥对妹妹的那种。

我觉得我有必要提醒一下白慧美，让她处理好与洪宇晨之间的关系，免得伤害他。没想到白慧美反问我："处理什么关系？我和洪宇晨还有你，我们仨的关系不是一样的吗？我从来都没有答应过他什么吧？你一直都清楚的，不是吗？倒是你不是一直都喜欢洪宇晨吗？怎么不告诉他呢？别哥哥妹妹的，我最烦的就是你们这种关系。那时我们仨在一起，我不知道到底是你在当'电灯泡'，还是我在当'电灯泡'？"

"白慧美！你说什么呢？我和洪宇晨才不是你想的那样。"心事被猜中，我激动起来。

"不是我想的那样？那是怎样呢？你的眼神早就出卖了你，是不是你心中有数，争什么呢？扪心自问一下，你还有底气争辩吗？"白慧美闪了我一记白眼球。这家伙居然早就看穿了我的心思，一瞬间，我的脸倏地涨得绯红。

五

我的电话还没有打给洪宇晨，他的电话就来了。也不知是谁告诉他的，洪宇晨居然在电话中气急败坏地对我嚷："不是让你帮我看着她吗？

你都干什么去了？"

　　我正恼着呢，在电话中又被洪宇晨一阵吼，顿时情绪失控："洪宇晨，你是我什么人呀？你让我看我就看，谁让你当初不好好读书，现在后悔怪谁呢？白慧美是个大美女，你喜欢，别的男生难道就不会喜欢吗？别人喜欢她，她喜欢别人，我能怎么办？"

　　心里委屈得要命，白慧美早就看穿的事，难道洪宇晨就没有一点察觉？他不知道我不想当他的妹妹吗？说着，我忍不住抽泣起来。这个白眼狼，眼中从来都只有白慧美，我为他做过那么多事，他都觉得理所当然，他还一次次拉着我跟他一起讨好白慧美，就没想过，我也是个女生，凭什么就要处处充当她的"专职丫环"？

　　听到我的哽咽，洪宇晨的声音平缓了下来："你怎么了？是不是哭了？"

　　"我哭不哭和你有什么关系？你从来都只关注白慧美，哪曾在意过我？"

　　被我吼了回去，洪宇晨小心翼翼地探问："你到底怎么了？现在难过的人应该是我，你这么激动干吗？什么情况呢？对了，听说那男生很优秀是不是？"

　　我真是服了他，这个洪宇晨真是没心没肺，我都这么伤心难过了，他不仅没安慰几句，还问我干吗激动，他的眼中从来都只有一个"白慧美"，我却什么都不是。赌着气，我添油加醋地说："那男生不仅成绩优秀，体育也好，琴棋书画样样都会，他还比你高，比你帅，脾气也更好，你和他竞争，全盘皆输，因为他们互相喜欢。"

　　"你瞎说，慧美喜欢的人是我，肯定是那男生死缠烂打……"

　　洪宇晨说着说着，自己都没有底气了。他很清楚，白慧美从来都没有答应过他什么，一直以来只是他一厢情愿而已，就像我对他。

周五晚上，洪宇晨从学校回来把白慧美约了出去。我站在窗口，看着他们的身影走出小区大门。整个晚上，我无心写作业，一直站在窗口，盯着小区的大门。

很久很久后，我感觉似乎过了漫长的一个世纪，洪宇晨终于回来了。他跟在白慧美身后，耷拉着脑袋，走路无精打采。白慧美和往日一样，临上楼，还转过身对洪宇晨交代什么事，看着洪宇晨点头时，她离开了。

没过一会，洪宇晨的电话就打来了。我不知道白慧美是不是已经告诉他我喜欢他的事，心里既忐忑又开心。"你能陪我吗？我感觉我整个人都不好了。"电话中，洪宇晨的声音很疲惫。我没有拒绝，直接去了往常我们的"根据地"。他正坐在黑暗中，幽暗的夜色下，他的背影看起来那么落寞。他说了很多白慧美警告他的事，单单没提我喜欢他的话，我望着夜色中洪宇晨濡湿的眼眶，心里像被针狠狠地扎了一下。

六

洪宇晨变得沉默了，在小区遇见他，他只是对我点点头就闪过了，我们没有更多的交流。白慧美很忙，她是学校的"大红人"，什么活动都少不了她。我也很忙，高中紧张的学习让我失落的心不那么空，只是闲暇时刻，我依旧禁不住会想洪宇晨，想他过得好不好？

其实我一次次强迫过自己，不要再去想洪宇晨，可是"想"怎么控制呢？它是玄妙而无法捕捉的，由不得自己。在很多个无眠的夜里，我总是想着，想着，才惊觉早已泪湿枕巾。

高二的那年冬天，洪宇晨去参军了，他要去内蒙古。听他爸说，是他自己执意要去那么远的地方的。那一瞬间，我似乎是释然了，我知道，白

慧美一直在他心里，即使她明确地告诉他，她已经喜欢上别的男生，他还是一如既往地喜欢着她。他是那么傻的一个人，就像我一样傻。明明知道不可能，也依旧不肯放弃，依旧固执地在四季的朝暮里想念。

洪宇晨时不时会给我打电话，告诉我他在部队的所有事情，他说北国凛冽的风沙让他变得更强壮和沉稳了。他也询问我的学习和生活情况，我们都小心地避开一个名字，我不提，是因为我不想她总是占据在我们的世界里，而他不提，是不敢提，怕自己说了就伤心。

白慧美依旧是学校里最美的女生，只是我们仨，再也回不到过去了。所有的爱与喜欢都不必说出口，在轮回的四季里，在四季的朝暮里，我只想念一个人。他懂或不懂，与我无关。

第五辑

Chapter Five

Zuimei
Wenzhai

醉
美
文
摘

谁的青春不曾叛逆

▶ 文 / 罗光太

> 大多数人想要改造这个世界，但却罕有人想改造自己。
>
> ——佚名

挤公交车时，我遇见了同事的儿子简单。他穿着奇装异服，头发染成了耀眼的橘红，发型很夸张，抹了发胶，一根一根刺猬般立在头上，闪亮的耳钉更是吸引了众人的目光。站在他身旁的几个男孩也是如此打扮，一个个颓然地挨在一起，满脸倦容。

看见我，简单的脸红了，低声说："叔叔好！"，然后匆匆垂下头，不再看我。这个长相俊秀的男孩，小时候很乖巧，学习成绩也好，但到了十五六岁的年纪就变了样。同事说过，儿子的脾气变得越来越坏，喜欢和他抬杠，喜欢夸张的造型，弄得人不像人、鬼不像鬼的。他一直叹气，直言教育失败。

我好奇地打量简单，才发现他们中有个女生，只是极短的头发和磨得很旧的牛仔洞洞装让我误以为她是男生，她的手缠绕在简单的腰间，整个人都贴在简单身上，怪不得简单看见我会脸红。

简单轻轻推开女孩的手，身体往后退了一步。女孩嘟囔了一句，扭过头瞟了我一眼，目光中透着挑衅。我冲她微笑，礼貌地点了点头。女孩怔了一下，也展开笑容，还原她纯真可爱的面貌。这些大人们眼中的坏孩子，其实是正处在青春的叛逆期，个性张扬，急着向全世界宣告他们的存在，用另类、夸张的造型吸引眼球，博得被注视。我看着他们，仿佛看到了曾经青春年少时的自己。

年少时，我也喜欢穿和别人不一样的衣服，把完好的牛仔裤剪上几个洞，在头上喷定型水，对着镜子侍弄夸张的造型，在黑暗中静坐，眼带忧伤，装深沉摆酷。那时候，不知从哪儿来的无名火总是郁积在心里，随时都会爆发。我开始试探性地挑战父亲的威严，不再相信父亲的无所不能，倒是希望父亲能够重视我，把我当成大人看。

那时的种种怪异行为，都只是为了让自己看起来和别人不一样，希望同桌的女生能够感觉到我是与众不同的男孩，为了博她一笑，我会故意做哗众取宠的事。我和同桌并没有发生什么事，我只是简单地喜欢她的温柔和乖巧，因为她长得像我喜欢的明星。只是在我们还不知道何谓初恋时，关于我们早恋的消息已经在校园传得沸沸扬扬。父亲为此骂了我，老师找我谈话，而同桌女生更惨，她的父母不问青红皂白，直接打了她，还到学校闹了一场。

我们悄悄约定好，带上所有的零花钱，一起流浪。那个时候，流浪是我们能够想到的最浪漫的事。原本我们只是简单的喜欢，和爱无关，但在流言蜚语来袭时，我们紧紧地团结在一起。流浪一天后，我们就被双方父母找回家。父母想分开我们，我们却偏要在一起，他们反对得越厉害，我

们就更挣扎地想在一起。后来，我们真的就在一起了。

同桌不再是乖乖女了，她的叛逆言行比我还夸张。在她被父母逼迫时，她竟然选择用跳楼的方式相威胁。她当然没有跳下去，但后来她的父母已经放弃再管她，而我却被她吓倒了。我的父母也觉得我无可救药，懒得再理我，可是我们在没有人干涉的情况下，却渐渐地开始相互疏远。她觉得我不够勇敢，而我觉得她不够温柔乖巧，我们的恋爱，没过两个月就无疾而终。没有争吵，没有纠缠，随着毕业时间的临近，我们彼此都不再关注对方。

在无聊的时间里，我突然喜欢上了看书，然后又着魔般地喜欢上写作，后来就一发不可收拾，我完全把课余时间都投入到看书和写作上。毕业后，我一直初衷不改地喜欢写作。直至今日，写作依旧是我生命中很重要的一件事，而同桌女生，自毕业后再也不曾相见。如果不看昔日的合照，我几乎都忘记了那些叛逆时光里的往事，也不知道多年后的她是否安好？

谁的青春不曾叛逆？只是方式不同而已。叛逆，是青春期必然要生的美丽痘，这段时光会在悄然无声中流走，没有必要谩骂和责备，因为人总有一天会长大。

心灵是最需要阳光的植物

▶ 文 / 尔东

> **没有信任，就没有友谊。**
>
> ——伊壁鸠鲁

奥西卡在城里的火车站工作，他是一名夜间值勤员。

他有两个孩子，大的已经 3 岁了，小的还不到 1 周岁。每天，奥西卡都会在妻子下班回来后，把两个孩子交给她，然后驾着皮卡车去上班。可是今天，这个规律恐怕要打破了，因为他的妻子打来电话告诉他，她今天要留在城里的妈妈家不能回来了。她让奥西卡把两个孩子送过去，顺便再带上五万美元。奥西卡没问这些钱用来作什么，他估摸着或许是她的妈妈要用到这笔钱。

奥西卡把小儿子放在婴儿车里，然后领着大儿子走出家门。大儿子可以坐在车里，可是婴儿车却放不进去，奥西卡就把孩子往婴儿车上紧了紧，然后把婴儿车放进了后货厢。"反正路也不远，应该不会有问题。"奥西卡对自己说，然后驾车往城里驶去。

没多久，他发现后面有一辆车一直跟着自己，那个司机还探出脑袋来不知道在喊些什么。"他想干什么？我身上带着五万美元，在这片郊野里，我一定不能停车！"想到这里，奥西卡一踩油门，加快了车速向前冲去。

奥西卡很快上了高速公路，但是他从后视镜里看见，那辆车子居然依旧跟在后面，还时不时地鸣着喇叭，而且越追越紧。奥西卡连忙拿起手机拨通了报警电话，称自己正被劫匪追赶。他一边打电话一边加速向前驶去，希望在警察到来之前不会被追上。大约 5 分钟以后，他看见前面不远处出现了三辆警车，奥西卡这才如释重负地吁了一口气。

就在这时，他从后视镜里看见，马路上似乎突然出现了一个什么东西在翻滚。而后面的那辆车为了要避开它，紧急地打了方向盘，结果"轰隆"几声，车子侧翻了，打了好几个滚才四脚朝天地停在了路边的草丛中。

奥西卡很快停下车来，荷枪实弹的警察也一步步向那辆已经翻倒了的车子逼近。那个司机慢慢地从车里钻出来，他的头上流着血，跌跌撞撞地站了起来，他惊恐地对警察们说："嘿，你们这是干什么？你们快去看看那个孩子，他的货厢门没有关，而里面居然有个孩子……"

所有人都向奥西卡的车子看去，果然货厢门是开着的，上面空荡荡的，什么也没有。"我的孩子，我的孩子呢？"奥西卡惊恐地高喊起来，这时，不知道从哪儿传来了孩子的哭声，而后面的人则开始大叫："上帝，这里有个受伤的孩子……"

奥西卡这才意识到，刚才突然出现在马路上的东西，其实就是从自己车上掉下去的婴儿车，上面还睡着他那不到一周岁的孩子。奥西卡连忙跑过去，幸亏绑得结实，他的孩子并没有生命危险，只是擦破了头皮，微微地流着血。

旁边有个警察打电话叫了救护车，另外的警察则扶着那个受伤的司机。他们对又愧疚又焦心的奥西卡叹了一口气说："心灵是一棵最需要阳光的植物，缺少了阳光，它就是一棵没有生机的野草！"

再孱弱的花朵也能绽放美丽

▶ 文 / 木又

> 理想是指路明灯。没有理想，就没有坚定的方向，而没有方向，就没有生活。
>
> ——托尔斯泰

1984 年，她出生在四川甘孜藏族自治州德格县。德格县风景秀丽，民风淳朴，藏族地区的人们个个都能歌善舞，她耳濡目染，也对声乐歌唱情有独钟、酷爱有加。

她从小就立志要好好读书，将来做一个优秀的歌手，但是她家里的经济条件不好，父母没有能力让她读太多的书。初二时，她被迫暂停学业，跟着母亲去县城摆水果摊攒学费。等攒够钱重回学校后，她白天读书，放学后放牛，很多时候，她甚至连作业都是在牛背上完成的。尽管如此，她依旧没有忘记自己的梦想——成为一个优秀的歌手！

读完初中后，她以甘孜藏族自治州第十名的成绩，考取了自治州行政中心康定市的一所中专学校。但由于家里经济条件有限，她没能继续升

学。在知道自己不能继续读书的那个晚上，她哭了整整三个小时。"我们家穷，你就认命吧，穷人家的孩子不能有太大的梦想！"她的父母含着泪劝她。

几天后，她来到县城一家酒店打工。有一次，在酒店里驻唱的乐队人手不够，她就自告奋勇地上去凑了一回人数，结果让乐队的人一下子惊呆了。他们向酒店老板请愿希望能带走这个唱歌奇才，酒店老板听了她的歌声，他觉得让她做服务员真是屈才了。但老板考虑到她毕竟年龄太小，不放心让她跟着乐队的人到处漂泊，就回复乐队的人说："你们可以请她唱歌，但只能在我这里唱！"

就这样，这个打工妹成了酒店的驻唱歌手。有一次，县里的领导来这里吃饭，他们发现了她独特的嗓音，便把她介绍给县艺术团，那年她20岁。此后的她更加努力勤奋，最终考入了甘孜藏族自治州歌舞团，而后又进入四川音乐学院深造。

2005年，她以优异的成绩毕业，后因参演舞剧《梦幻康巴》获得四川省第五届少数民族艺术节声乐表演一等奖。第二年又在第三届全国少数民族汇演中获得独唱金奖。后来，她被西藏军区文工团看中，将其招到西藏军区政治部文工团。此后的她经常为驻守西藏的官兵们演出，她那浑厚醇美的歌声震撼了越来越多的人，她的名字也被人叫得越来越响亮。

几年后，为了拥有更广阔的舞台，她只身来到北京闯荡，并最终以一曲《走天涯》红遍大江南北！到今天为止，她已经先后出了《这山这水》《金色的呼唤》《金色的辉煌》《东女国》《中国之声》《金色的诱惑》《天下最美的女中音》等音乐专辑。她就是被誉为"妙音仙女下凡来"的最美女中音——降央卓玛。

"我的父母曾叫我认命吧，他们都告诉我穷人家的孩子不能有太大的梦想。"回首往事，降央卓玛经常会这样感慨地说，"但我不认命，因为梦想是人生的土壤，只要有土壤，再孱弱的花朵也能绽放出自己的美丽！"

这个公主没有"公主病"

▶ 文 / 何罗佳仪

> **朋友间必须患难相济，那才能说得上是真正的友谊。**
>
> —— 莎士比亚

公主来袭

丁姝中途插班，听同学说，丁姝的爸爸就是新来的丁市长。

丁姝很漂亮，婷婷袅袅宛若天仙下凡。班上的女生都叫丁姝公主，说她气质高雅。漂亮女生的到来在学校引起了一阵轰动，常有别班男生在课间跑来我们教室外。我想，他们都是慕名而来，想一睹公主风采吧。

我是个内向又有些敏感的男孩，父母在学校附近的市场里卖水果。我从不愿提自己的父母是干什么的，害怕被人嘲笑。同学一起聊天，提到小商小贩时都是一脸不屑，还说他们从来都是靠缺斤短两，昧着良心挣钱。每次听到这样的话，我心里就异常难受，我不知道，我的父母是不是也

这样。

我只知道我的父母很辛苦，他们每天早出晚归，风吹雨淋太阳晒，一家人一年里难得有几次聚在一起吃饭。我很努力地读书，爸妈告诉我，这是我改变自己命运唯一的途径。

我对丁姝敬而远之。她是市长家的漂亮公主，而我只是小贩的儿子。我不擅长与人交际，更不会像勇敢的同桌周力那样，打着"保护公主"的名号，找机会与丁姝说话。

周力的心事我知道，他总是不厌其烦地在我耳边唠叨。在他眼中，丁姝是个美貌无敌的公主。

惧怕"公主病"

以前有个女同学，长得漂亮，家里也有钱。

女孩在学校称王称霸，什么事都喜欢支配别人，就连书包还有专人背。女孩的脾气像个"火药筒"，稍不顺她心意，定会大发雷霆。就连她需要别人帮助时也依旧摆出一副盛气凌人的架势，似乎她找你帮忙，是给足了你面子。

我吃过那女孩的苦头，就因为有次我的作业没给她抄，她就派人来找我麻烦，不是偷偷藏起我的书本，就是把我交给老师的作业揉成一团，甚至还拿走我笔盒里的学习用具，放进几只毛毛虫，害我考试时，连笔都得找老师借。

有过前车之鉴，我小心翼翼地保持着和丁姝的距离。只是让我没想到，丁姝的成绩很好，特别是作文，在第二次月考时，她居然不可思议地得了满分。

我很不屑，作文一直是我的强项，可我的考试作文，从没得过满分。

"阿太，你的对手来了，怎么样？我就说丁姝很棒吧？"周力赞赏不已。"那是，别人是公主呀，我一个平民百姓哪能和她比？"我挖苦说。心里很不平衡，什么样的作文能得满分呢？不就因为她老爸是市长。

"阿太，放学后，我们和丁姝一块儿走吧？"周力热情地邀约我。

我可招惹不起，万一她"公主病"发作，我可吃不了兜着走，于是我断然拒绝。

公主的邀约

周力在丁姝面前，把我夸得天花乱坠。

或许是周力总提到我，或许是月考第一名的总分，或许是我没有像其他男生那样围着她转，有一天，丁姝居然主动来找我，她拿着一本杂志过来，好奇又激动地问："阿太，这是你写的文章吗？真感人！"

原来周力为了讨好丁姝，把他知道的有关我的情况，全都告诉了丁姝，包括我给杂志投稿时使用的笔名。当面被夸，我的脸倏地涨红。

"写得真棒！阿太，我也喜欢写作，以后我们多交流好吗？"丁姝落落大方，而我却是紧张得连掌心都沁出汗了。我低着头不敢看她，但又禁不住偷偷打量她。丁姝微笑着，就像从漫画中走出来的美少女。

"丁姝微笑的样子是这世上最美好的画面"。突然想起周力说的话，我的脸又滚烫起来，轻声应道："可以的。"

"周六上午一起去图书馆，你去吗？"丁姝问。

她竟然主动邀我？我一时害羞起来，重重点头说好，脸热辣辣的。

"那我们到时在市图书馆门口见。"丁姝说。

"我也要去，不见不散。"

周力不知什么时候回来了，他没容我开口，抢先说了。我看了周力一眼，心里莫名紧张，他不会误会我吧？我知道他喜欢丁姝。

集体约会

周六，我早早起床，换上了最喜欢的衣服。去图书馆的路上，我雀跃不已又忐忑不安。

从公车下来，远远地我就看见图书馆门口站了好多人。仔细看，都是我们班的同学。他们也是应邀而来的吗？周力正热切地和丁姝说话。

"阿太，快呀，就差你了。"周力看见我时，高兴地扬起手叫。丁姝也转过身，一袭白色长裙的她真的好像仙女。

"阿太你好！"丁姝微笑着打招呼。

我受宠若惊，这个公主真的不一样，她身上没有"公主病"，那明媚的笑容让人如沐春风。放眼望去，我注意到班上的同学全来了，一个个脱掉校服盛装而来，就像去约会。

"阿太，今天穿这么帅？不一样哟！"周力逗乐我。

我使劲拍了他的肩膀，这家伙起什么哄呀？众目睽睽下，不知道我会害羞吗？还好丁姝替我解了围，她说："今天男生都很帅，我们女生也很漂亮哟！"

大家呵呵笑起来，一起进了图书馆大厅。

我喜欢文学类的书籍，进去后，径直走过去。没想到丁姝也直奔而来，她轻声问我喜欢哪个作家的作品？我指着近现代作家的一排书，低声道："看过一些，都挺喜欢。"

"我也喜欢，你们在这呀。"周力轻声说着，还用肩膀故意撞我，做了个鬼脸。

我佯装不知，匆匆拿了本书就离开了。周力跟过来，挤在我身旁，悄声耳语："阿姝，你看我们今天像不像集体约会呢？"

"嘘！"我示意他别说话，这可是在图书馆。但看了看坐在丁姝身旁的同学，想想还真有点像集体约会，不禁笑了起来。

这个公主，没有"公主病"

丁姝人缘好，大家都喜欢她，就像周力说的，丁姝是个魅力四射的女生。她对所有人都很友善，从不因自己的父亲是市长就高高在上。

丁姝对男生好，对女生更好。她喜欢帮女孩们打扮，把她们的美丽展现出来。"这样会不会太注重外表了？"有个女生担心地问。"美美的，有什么不好呢？"丁姝笑着说。

"也是，自从你来了以后，我觉得我们班的女生都更漂亮了，学习热情也高涨。"女生肯定了丁姝的说法。

我也看到了这一变化，丁姝就像位魔术师，短短的时间里，就让平凡的我们变得不一样起来。别以为丁姝是个只注重外表的女生，她在学习上的拼劲，可是不一般。她曾说过，女生最好的化妆品就是用知识武装自己。

我们成了好朋友，常在一起聊文学。周力插不上话，为了多一些共同话题，并不爱文学的他，也虚心向我讨教写作上的知识。我逗他："怎么？你也准备投身写作事业了？"周力嘿嘿笑："别说破呀！给点面子。"

当丁姝偶然知道我的家境时，提出想跟我去市场卖水果。"卖水果？

你跟我去？"我疑惑不已。"体验生活，可以吗？"丁姝一脸诚恳。

她的真诚我能感知，她没有嘲弄我的意思。

"你可是公主哟！去市场卖水果，不怕吗？"我又逗她。

丁姝还没回答，周力凑过来说："这个公主没有'公主病'，她当然不怕啦，我也敢，到时一起去吧！"

看周力挤眉弄眼的样子，我和丁姝都禁不住哈哈大笑起来。

一碗飘着葱花香的鸡蛋面

▶ 文 / 康哲峰

> **人之幸福，全在于心之幸福。**
>
> ——歌德

十年了，那碗葱花鸡蛋面的香味却还在我的脑海中凝聚不散，智老师的音容笑貌也在这香味中清晰如昨。

智老师叫智玉丛，她是我高中时的班主任兼语文老师，她和我们一起来到这所高中，我们是她的第一届学生。在我的印象中她当时穿得很朴素，也并不美丽，个子一般。总之，她就是一个普普通通的人。但是，她身上有一种沉静的气味，我们这些血气方刚的毛头小子一见到她就浮躁不起来了。

我们最喜欢上她的语文课了，尤其喜欢听她读课文。她的感情随着文章的波澜强烈地起伏着，我们也深深陶醉其中感受着文学的魅力。从她执教的第一天起，我们全体都真正地喜欢上了语文这门课。这一影响甚至改

变了好几个人的生活选择，我们班后来上理工科的有四个转了行从事文化事业与此不无关系。

智老师的性格坚毅中透着一种温和，她对我们的学习要求极严，但对我们的生活关怀备至。我在高中时期不知什么原因总是生病。一米八的个子瘦得像根竹竿，还跟林黛玉似的"行动处如弱柳扶风"。因此，就成了智老师的重点保护对象。

至今有一幕情景在我心中铭记。那次，我因发高烧引起了肠胃不适，大吐一番后回宿舍休息。正烧得迷迷糊糊时，一股熟悉的香味钻入了我的鼻孔，我听到桌子上有饭盆的叮当声。随后，一只干爽的带着香味的手印在我的额头。我微微睁开眼，从那双手的指缝中看见智老师痛惜而焦急的脸，因为我当时烧得厉害就又迷糊了过去。当我再次醒来时发现四周一片素白，原来，我是躺在医院里。

班长发现我醒了，就端过来一个饭盆说："阿峰，你总算醒了！你知道吗？智老师在这里守了你一夜，因为还有课刚刚走，走时还特意叮嘱我把饭热好了再喂你。"我接过来，那股熟悉至极的香味又钻入我的鼻孔，我知道这是智老师亲手做的葱花鸡蛋面。自从我第一次生病说想吃妈妈做的葱花鸡蛋面后，每次我病了，总会有一碗香喷喷的葱花鸡蛋面端到我的面前。两年了，我不知道吃了多少碗面了，可是这一次我再也忍不住眼中蓄积已久的泪水。

五年之后，我从师大中文系毕业后也成为一名语文教师，也做了班主任。我像智老师当年对待我一样尽心地对待我的学生。因为高中时那一碗碗葱花鸡蛋面的香味一直萦绕在我的心里，给着我灵魂上无比丰富的滋养，我因此获得学生的爱戴和教学的成功。

十年后，在一次师生聚会上畅谈畅饮之后要上主食，我脱口而出"来一碗葱花鸡蛋面。"别人都笑了起来，智老师也笑着说："当年你一生病就想吃你妈妈做的葱花鸡蛋面，我还专门跑到你家向你妈妈请教了如何配料和操作。只是不知你吃了，是不是感觉和你妈妈做的一样好。"泪水一下子又润湿了我的双眼，原来当年那碗面里还藏有这样一个小秘密。我一下子明白了那面好吃的原因，因为那里面除了老师的恩情还有着母亲一样的爱啊！

青葱岁月里的那段传奇

▶ 文／康哲峰

> 不能摆脱是人生的苦恼根源之一，恋爱尤其如此。
>
> ——塞涅卡

那年，刚上高三的青儿鬼使神差地爱上了她的语文老师。青儿可不是那种婉约如宋词的女子，她可不讲那么多的委婉和含蓄。她平时大大咧咧就像个男孩子，心里边根本不会藏事。这不，没多久，青儿的心事就成了全班公开的秘密。

青儿虽然不是心思细腻的女孩，但女孩该有的小心思还是有的。她利用秋游的机会搞到了语文老师的一张照片。这张照片就像她的护身符一样，走到哪儿带到哪儿。上课时就夹在书里，不时地翻到那儿看一眼，心里甜蜜蜜的还有一丝莫名的忧伤，真是幸福极了。可不幸的是，上历史课时，被那个眼睛毒得像在孔雀胆里泡过一样的韩菁菁老师给抓住了。

当时，韩老师正在大讲辛亥革命如何如何，发现青儿的眼神不对，一会儿雾蒙蒙，一会儿水汪汪，脸上含羞带笑，还捎带两腮桃花灿烂。心想"这小妮子怎么看上去像是怀春了呢？"当青儿翻开书页，又一次对着照片发出花痴般的笑容时，被韩老师人赃并获。"咦，小妮子，还真有眼光，恋上你们语文老师啦。人家可是有女朋友的，人长得美，身材又好，两人可是郎才女貌，天造一双，你小黄毛丫头可别有什么非分之想啊。"

韩老师的一通教训，让青儿唯唯诺诺点头称是，在老师面前装傻是所有学生无师自通的本领。终于，韩老师训够了，示意青儿可以走了。"老师，那张照片可不可以还给我啊？"青儿讨好地笑。"不行，这是证据，如果你今后不好好上课，我就交给你们班主任。"青儿一听，连忙说："不要了，不要了，你留着吧，我不要就是了。"

青儿的班主任是一个古板得不近人情的老头，平时就对女生有偏见，只对男生眉开眼笑。平时，男生问个问题，讲得恨不得把脑子挖出来。可是要是女生问的话，立马翻脸"这么简单的问题都不会，你是猪啊？"很多女生当场就哭了，可他一点都不怜香惜玉，还批评女生心理脆弱。男生迟到不用打报告，直接进来就是，可女生要那样做，准会被骂得狗血淋头。逢到大扫除，只安排女生干活，男生都到操场踢球玩儿，他还美名其曰"给女生锻炼的机会"。此老还有一句名言"女生是祸水，男生是命根。"你想想，要是韩老师把照片交给这样一位老班，岂不是把一头肥美的小羊送到凶残的大恶狼嘴里了吗？

青儿垂头丧气地走出韩老师的办公室，有一种失恋的感觉。办公室里，韩老师小心翼翼地把照片夹在一本书里，心里美滋滋的，总算搞到他的照片了，虽然不能怎么着了，没事拿出来看看也挺养眼啊。

说到这儿，就要说说这位语文老师了。这位帅哥身高一米八零，爱穿一身黑衣，二十八九岁，剑眉星目，长发飘逸，正是男人将激情和成熟

结合得最完美阶段。学生们都说他在学校教书是浪费人才，应该去演偶像剧，一准儿能红。更何况，此人才华横溢，写一手锦绣文章。是多家刊物的特约编辑和记者，稿费来得雪片一般。可以这样说，他身上综合了现代男人的气质和古代文人的才情，是一个现代化才子型帅哥。其实，他是所有女生心中的偶像，只是别人不像青儿这么直露而已。所以，青儿这次的不幸，让很多女生心里很是高兴了一番。

日子一天天水一般流过，青儿的爱意也一天天浓郁起来。她想尽一切办法去接近语文老师，上课扯着嗓子读课文，为了让他注意；挖空心思问问题，只为了闻到他身上淡淡的柠檬味，他喜欢用柠檬味的洗涤品；课间在他办公室门口徘徊，为了能听见他和同事聊天时爽朗的笑声；晚自习等他值班时，故意装病，为了能看到他焦急的表情。总之，青儿着魔了，只要一天见不到语文老师，心里就猫抓般煎熬。青儿的反常让很多学生不理解，暗恋就暗恋吧，何必恋得这么苦。再说，又绝对不可能，师生恋可是犯大忌的呀，搞不好会身败名裂的。

有人就劝青儿别那么痴情，不会有结果的。可青儿一改往日满不在乎的样子，还较上真儿了，决心一条道走到黑。

青儿开始给语文老师写情书，当然那还不是真正的情书，而是含含糊糊的一封信，里面极力渲染自己有一个悲惨的童年，因为没有哥哥老是被人欺负，很想找一个哥哥来安慰自己，可是没有人理解。最后，问老师愿不愿做自己的哥哥。总之，信里极尽渲染煽情之能事，在课代表收作业时，青儿将信悄悄夹了进去。

接下来的几天，青儿心里跟养只猫似的，抓挠得厉害，不知道语文老师看完之后会有什么反应。终于，在一个晚自习，语文老师把青儿叫到办公室，两个人进行了一番长谈。语文老师被青儿的信打动了，认为这是一个脆弱的需要呵护的小女孩，他没有看穿其中的诡计毫不犹豫地答应了青儿，认下这个妹妹。

从此，青儿可以堂而皇之地跟语文老师撒娇，在他身边腻来腻去，叫他哥。哥，你干吗呢？哥，给你个苹果；哥，我手破了；哥，我头晕了……

语文老师认下这个妹妹，整天忙得不亦乐乎，虽然，他不明白这个妹妹小小的心眼里装的是什么心思。

一年说长不长，说短不短。高考像一只远古的怪兽渐渐逼近，近得都可以听到它的呼吸了。学生们终于开始恐慌起来，都拼命地学习，恶补以前落下的知识。可青儿还是一如既往地满不在乎，她心里只有她的哥哥，她的成绩在悄悄下滑，眼看就要坠入深渊万劫不复。

一天，她哥把她叫到办公室，开始数落她"看你一天迷迷糊糊的不知道着急，这眼看就要高考了，你考不上咋办，考不上好大学就找不到好工作，找不到好工作，你怎么养活自己？更别说回报家人了。考不上就只有回家嫁人了，可嫁谁呢？高不成低不就，谁愿娶你啊。"青儿脱口而出"你娶啊，你要我我就嫁。"说完，青儿也惊呆了。两人脑子都短路了，语文老师很快从傻掉的状态里恢复过来，这才明白，这个女孩认了真了，这才知道自己当了一个什么样的哥哥。

他迅速调整好自己的情绪，说道："好吧，既然是这样，那我给你一个和小雅竞争的机会，小雅就是我的女朋友。但是我有一个条件，就是你必须考上武汉大学，因为那是我曾经的梦想，你必须替我实现。"青儿心里一喜"真的，你说话算数！""当然算数，我是你哥我能骗你吗。""那要拉勾。""拉勾就拉勾。"青儿心里一下子就像开了一个大洞，成吨的阳光哗哗地倾泻下来赶走了乌云。

出了办公室，青儿激动得一跺脚，哼，那就让你看看我对你的爱究竟

有多深，不就是考个好成绩上个好大学吗？青儿咬牙发狠狂学一个月，在模拟考试中，名次从二十多名一下子蹿到前三名。尤其是语文，竟然考了140分，让所有的学生大吃一惊，丑小鸭咋这么快就变成白天鹅了呢。

语文老师也很高兴，鼓励她继续努力，争取考到武大去完成自己当年的心愿，并再次承诺如果青儿能做到的话他决不食言。青儿在后来几个月里拼命学习，像中了魔咒的女巫，冒着烟，一溜火光地考上了武汉大学。

临走那天，青儿在车站将一个笔记本交给来送行的语文老师说："等我走了，你再打开，看过以后就烧了吧。"语文老师微微笑了，递给青儿一张照片，就是被韩老师收走的那张，照片上语文老师酷酷的样子依旧，只是多了一行签字"我愿一辈子做你的哥，好吗？"青儿含着泪笑了，透过泪眼，她看见老师的女朋友小雅就在不远处一棵树下，旁边是老师常骑的那辆火红的摩托车，车把上搭着老师的黑风衣。

小雅发现青儿看到了自己，就向她做了个鬼脸，用手指指自己的男朋友，然后双手做了个环抱状。青儿一下子抱住语文老师，狠狠的，然后在他俊朗的脸上猛地亲了一下。语文老师猝不及防，惊骇地赶紧向后看，当看到树下的小雅笑得直不起腰时，才一脸尴尬地说："青儿，赶紧上车吧，车快开啦。"青儿向不远处的小雅招招手，一脸阳光地踏上了南下的列车。

几个月后，语文老师收到一封寄自武汉大学的信。信里是一张照片，青儿在灿烂的樱花树下笑得没心没肺，背后是武大著名的珞珈山，照片上写着：哥，谢谢你，是你让我的青葱岁月里有了一段传奇。

我是一只小小鸟

▶ 文/白衣

> 环境影响人的成长，但它实在不排挤意志的自由表现。
>
> ——车尔尼雪夫斯基

小羽最喜欢趴在教室的窗台上看鸟，不管是喜鹊还是麻雀，或者一些叫不上名字的小鸟，他都看得如痴如醉。甚至上课了还不知道，常常被老师罚站到教室的后头。可站着站着，他的眼睛就又溜到窗户外面了，一只鸽子扑棱棱地掠过楼顶，带着悠扬的鸽哨飞到遥远的天际，变成一个小小的黑点。

小羽喜欢看鸟不是什么秘密，老师同学都知道，都曾经询问他为什么这么喜欢看鸟，他总是默默地低着头不说话。时间长了，大家也都习以为常，只是给他起了个外号叫"鸟痴"。

小羽看鸟，并不是为了研究鸟，也不是了解鸟的习性，留鸟还是候鸟，迁徙路线什么的，他就是喜欢看鸟飞。

　　一天，班里几个男生捉住撞进教室的一只小麻雀。小麻雀嘴角上还带着黄，稚嫩的翅膀还没有高飞的力量，黑溜溜的眼里全是胆怯与惊慌。这只小麻雀极大地刺激了几个无聊男生的兴奋指数。他们找来一根麻线拴在小麻雀的腿上，又在线的一端拴上个空饮料瓶子，然后，几个人围着小麻雀大声地喊着，拍着桌子。小麻雀被吓得半死，拼命向上飞，但飞不多高就会重重地掉下来。男生们不依不饶，捡起小麻雀抛向空中，小麻雀一开始还扑棱着翅膀，没几下就累得躺在地上，小胸脯一鼓一鼓，却没了站起来的力气，腿上拖着饮料瓶子，像极了戴着脚镣的重囚。

　　男生中最捣蛋的小光从地上捡起小麻雀准备再次扔向空中时，打水回来的小羽正好回到教室，见到此情此景，他目眦尽裂，扔掉水杯，大吼一声，你快把它放下。小光见是小羽，颇不以为然，轻蔑地说，你说放就放啊，它是你爹还是你娘啊？小羽二话不说，冲着比他几乎高出一头的小光扑过来。小光轻轻一闪，顺势一绊，小羽就摔了一个狗吃屎，嘴唇磕破了，顺着嘴角流下血丝。小羽不声不响低着头像疯牛一般又扑过来，小光坏笑着说，好，怕了你啦，给你吧，用手使劲一攮，将小麻雀扔给了小羽。小羽接过来时发现小麻雀已经被攮死了，抄起一张凳子就砸向小光。这一下，小光被砸了一个冷不防，正中脑袋，血"哗"地流下来。小光恶狠狠地扑倒小羽，两个人就纠缠到一起。

　　班主任来了，分开了满脸是血的两个人，赶紧送到医务室处理伤情。事后，班主任调查了原因，让两人都叫家长来学校协商问题。小羽说，爸妈常年在外打工，家里没别人了，自己从一年级起就上寄宿制学校，有事情都是自己代表家长处理。班主任不理小羽，拨通了他爸爸的手机，对着手机大发雷霆，批评小羽爸爸只顾挣钱，不教育孩子，让孩子为一只小鸟就把同学打得头破血流，简直是野蛮极了。小羽爸妈在手机里对班主任连连道歉，说回去一定好好教训小羽，并承诺全额赔偿受伤学生的医药费。班主任才恨恨地挂断。

放下电话，班主任让小羽写一份检查并做出保证，再次发生类似事情就自愿退学，然后气咻咻地让小羽回教室罚值日一周。

小羽回到教室，扫干净地面，倒垃圾的时候，发现被丢到垃圾桶里的小麻雀，他赶紧捡了出来。小麻雀的腿上还绑着那根麻线和饮料瓶子，小羽细心地将深深勒进小麻雀肉里的麻线小心翼翼地解开，将小麻雀凌乱的羽毛捋顺，放到一个纸盒子里。小羽来到学校的小树林中，挖了一个小土坑，把纸盒子埋了，还在坑上移植了一棵蒲公英。小羽默默地在小麻雀的坟前待了一会儿，想象着小麻雀变成了无数的蒲公英飞上天空的样子，他咧着青肿的嘴唇笑了。

从此之后，小羽变得更加沉默，只有在看见校园里那些小鸟的时候才会有稍纵即逝的微笑。他常常久久凝视着天空，仿佛那无尽的空气中有什么东西在吸引着他。

一个阳光明媚的上午，体育课上，大家都在快活地做运动。小羽照例一个人站在操场角落里呆望着天空。天空高远，蔚蓝清澈。小羽感觉腋下有点发痒，伸手进去挠，发现有什么东西正从里面长出来，很快他发现那是翅膀。他激动地脱掉外衣，一对漂亮的翅膀在他背后徐徐展开，有着洁白的羽毛和漂亮的弧度。

小羽轻轻扇动双翅，发现身子变得很轻，马上就升到空中，小羽兴奋地喊了起来。操场上的学生们惊讶地发现小羽正飞在半空中，全身长出了洁白的羽毛，都变得目瞪口呆。小羽渐渐飞高了，变成一只洁白的小鸟，越飞越高，越飞越远，最终消失在太阳金色的光里……

换一种保护方式

▶ 文 / 王霞

> 在希望与失望的决斗中，如果你用勇气与坚决的双手紧握着，胜利必属于希望。
>
> ——普里尼

区里举行青年优秀教师赛课，综合学科的赛场就在我们学校。周一一大早上班就接到通知：要借用我们班 35 名学生，在班会时间到小实验室上课。我们班有 40 名学生，剩下的 5 名怎么办？留下哪 5 名？一时间难住了我。这时候，借班上课的赛课老师也来了，叮嘱我把顽皮的和动手能力差的留下了，这让我心中更是难过。

孩子们喜欢活动课，更喜欢参加这种热热闹闹的公开课。留哪一个都会伤害一颗单纯的心。可是，我不能不配合工作，而且小实验室也确实坐不下 40 个同学。这可怎么办呢？

带着复杂的情感，走进教室。几个来得早的孩子一下子就把我围住了。

"老师，老师！金盏菊发芽了！"巍巍喊着我。

"真的？"我也喜出望外，跟着巍巍来到窗前，只见窗台上的花盆里已经冒出了四五棵嫩生生的绿芽芽。有的完全长出了土面，两片米粒宽的长卵形叶片伸展着，像两只充满热情的小手；有的刚刚冒出土面，芽芽上还顶着带着绒刺的壳壳，像个好奇的小脑袋。

孩子们和我一起看着，叽叽喳喳地议论着，怎么保护这几棵小苗苗。我笑着看着他们。

当初大队部送来花盆和种子时，我也很发愁，种花容易养花难，就班上那几个调皮鬼，整天摸爬滚打，这出了芽苗还不得掐了去呀！这可怎么办？干脆这样，我亲自带着这几个调皮鬼找土装盆，浸种播种。然后任命他们为护花使者队，送给他们一个精致的日记本，每天轮流写观察日志。

或许是因为自己亲手栽种，这几个孩子对这一盆花格外关注，每天安排一个人浇水记录，他们还特意凑钱买了一个小喷壶呢。这花儿也真的不辜负他们，这么快地就长出了芽苗。

我突然有了主意……

早自习，我郑重其事地对大家说：今天，我们的金盏菊发芽了，这都是巍巍几个同学认真照料的功劳。听到这个消息，我们四年级其他五个班的老师都想邀请有经验的同学去介绍一下种植经验。你们看哪五位同学代表咱们班去呢？

这一说很多同学都举起了手，大家有的自荐，有的推荐，巍巍几个也高高地举起了小手。

"不过……"我的一个"不过"，让大家睁大了眼睛。

"不过，做代表的同学，不能参加今天的综合研究课了。因为只有班

会课，其他班才有时间。"

这么一说，好几个同学都放下了手，巍巍也透出了犹豫。

"谁能为集体牺牲一下？我可是答应了其他老师。"这一回，巍巍几个又坚定了起来。于是，我郑重地挑选了 5 位，请他们利用课间互相沟通，翻阅观察日记，再到我的办公室和我一起做好准备。

下午的班会课，大家都去上课了。巍巍等 5 个小朋友，分别来到其余五个班级，成功地介绍了我们班的养花经验，赢得了老师和同学们的称赞。看到结束后，同学们，特别是巍巍几个孩子依旧灿烂明朗的笑脸，我才放下心来。

事后我不由得深思：人生在世，很多时候都要面对一些两难的问题。当事情无法周全完美时，我们不妨换个方式，换一种说法。尽管不能化伤害为保护，但也尽可能降低伤害的程度。

又逢秋日柿儿红

▶ 文／白衣

古之学者必严其师，师严然后道尊。

——欧阳修

　　那年，县里派我到山区支教，我被分配到一个叫明秀村的小山村教小学。这里是大山的腹地，村子就像散落在整个山坡上。这儿三家，那五家，拉拉杂杂有几里长。小学就建在一个坡度相对平缓的山坡上，只有三间平房，没有围墙，没有操场，没有国旗飘扬，甚至连厕所也没有。远远望去仿佛已被废弃，门窗都没有玻璃，张着黑洞洞的大口。

　　但村子不愧叫明秀村，周围的景色称得上是山明水秀。山上是一片片柿子、石榴、核桃、枣——柿子树最多，到了深秋火红的柿子和柿子叶将整座大山染得红彤彤的，美丽极了。由于山上植被保护得较好，山泉也多，水质清冽甘甜，比起城里那些矿泉水不知好喝多少倍。可惜的是，这里太偏僻了，坐汽车到山口的一个镇上，再坐毛驴车走三个小时，然后再

步行翻过两个山头，才能到达这里。这里村民外出只有一条弯曲的羊肠小路，最好的交通工具就是自行车了，但大部分人家还推着独轮车。所以尽管景色优美，果树繁茂，这里的人却很穷。每年大量的山货只能眼睁睁看着烂掉，以致很多果树人们都懒得去摘，任他们春开花，夏结果，秋成熟，冬落地，自生自灭，自我循环。

景色优美代替不了生活的贫困，我本来也没打算来这儿享福，可眼前的景象还是超出了我的想象，三间破屋，有一间算办公室和老师宿舍，里面有一架摇摇坠坠的床和几张缺胳膊少腿的桌凳。墙上因还兼做厨房而熏得漆黑，另两间教室里有几张呲牙咧嘴的破烂桌凳和几十个脏乎乎的孩子。这就是我今后的工作环境。这个村子已经好几个月没有老师了，分来的老师不是看一看拍屁股就走，就是干不几天就不辞而别。村里人都寒心了"谁让咱这儿穷，留不住人家呢！"所以，我的到来，他们并没有表现出多大的热情。

村长帮我简单打扫了一下房间，现垒了一个泥灶，提来两口铁锅，就对我说："康老师，咱这儿就这条件，只能委屈你了，娃们成天问我要老师，要得我直着急。我又不能从裤兜里给他们掏出一个来。"说完，转身要走，又叮嘱我一句"谁不好好学，你往死里揍。"我觉得这个村长说话虽粗，但人挺好的。

开始上课了，几十个学生分成三个年级，只能采取复式教学。我一个人忙得不可开交。孩子们基础太差了，我得一点点从头教起，常常把他们合在一起上大课，渐渐地学生们学习有了进步，学习的兴趣也更高了。

山里的孩子一点都不笨，个个心灵手巧。我一个人备课、上课、做饭、洗衣，还捎带着做修理工，将教室的窗户都装上了玻璃。我又让人从山外捎来一幅国旗，可没有旗杆，就先挂在了宿舍的墙上。孩子们看到我整天忙忙碌碌，就都偷偷地帮我，常常是我准备做饭时，会发现灶口上堆着一大垛树枝，灶台上放着几个鸡蛋。有时是几个鸟蛋，有时是几棵青菜、一把小葱，或一小捆野韭菜花，甚至在一个下雪的冬天，我在灶台上还发现过一只冻得硬邦邦的野鸡。这些孩子们像他们的父母一样淳朴，他们一点也不张扬，只是默默地做他们认为该做的事儿。我家访时，不论到哪个学生家，必会被让到炕头上，那里最暖和。家长话不多，可动作麻利，一会工夫，小炕桌上就堆满了山核桃、大红枣、软柿子、大石榴……吃饭时，碗盛得溜边溜沿，只要你碗一空，马上夺过去，得，又一碗，又是溜边溜沿。只吃得你再也咽不下了，才怀疑地说："才吃三碗就饱了？我家孩子他爹不干活时还要喝六碗哩，到底是教书先生。"我只能一边打饱嗝一边摇头苦笑，实在是撑得难受啊！

渐渐地我和学生们建立了深厚的感情。放学之后，他们都不回家，聚在我的小屋里问这问那。有时，我们就一块儿清理教室前的小坡地，将它垫成一个小操场。又从山上砍来一根长木杆做旗杆，这样每天清晨小操场上都会准时响起我用录音机放出的国歌声。几十个孩子和我都肃立于旗杆之下，看国旗缓缓地升到空中。山里的天总是那么蓝，国旗在山风的吹拂下像一团升腾的火焰。我们的升旗活动也成了这个小山村一道亮丽的风景。

我又托人从山外买来体育用品，这样在课间，体育课上孩子们的欢笑响彻整个操场。他们也可以和城里孩子一样玩游戏了，还可以打比赛呢，这令他们高兴得都要发疯了。

时间飞快地溜走了，转眼支教期已快满了，离别在即。一次讲课时，我讲到北京香山的红叶，就拿山上正是一片火红的柿子树叶做了比较，孩子们都听得如醉如痴。我又顺口说了一句"这里的柿子太好吃了，不知以

后还能不能吃到。"孩子们都低下头，再抬起时眼中都有了泪花，几个学生喊起来"老师，以后柿子熟了我们就给你送去，让你吃个够！"我笑了，学生有这份心就行了，这就是给一个老师最大的安慰和奖赏。

回到县城，转眼又是一年，秋天又到了。城里的秋天总是灰蒙蒙的，让人丝毫体会不到秋高气爽的感觉，只有凉凉的秋风吹到身上冷飕飕的，才知道又是秋天了。回忆起去年的秋天，那满山遍野的五彩斑斓，那甘美的野果，那清香的空气，那醇冽的山泉，都已经是一个遥远的梦了。

星期天，我正在家中闲坐读书，被几下怯怯的敲门声惊醒，打开门，几个红彤彤的脸蛋映入眼帘，是他们，我的山里学生。他们一个个满头大汗，衣服上落满了灰尘，只有眼中闪耀着激动的光彩。我赶紧让他们进屋，让他们坐下，又赶紧拿水果，找饮料，孩子们却不动，也不坐。我发现一个胖乎乎的小男孩手里提着一个袋子，眼里还含着泪花。我问道"怎么啦？"想不到几个小家伙一齐"哇"的哭起来，我哄这个，哄那个，好不容易一个小女生才抽噎着告诉我"我们今天一大早从树上摘下最红最大的柿子想送来让你尝尝，好不容易搭上了车到了县城，可是轮到小胖提袋子时，他只顾看汽车不小心跌了一跤，柿子全坏了。"说完又放声大哭起来。我小心翼翼地拿过袋子，轻轻打开它，柿子们都熟透了，现在挤在了一起，像一颗大大红红的心。我伸出手指挑起一点柿子泥，放到口中，啊，真甜！转过身，我把几个小脑袋猛地一下子抱到胸前。